从心所欲不逾矩

许渊冲

2021年4月(100岁)

许渊冲汉译经典全集

莎士比亚

As You Like It

如愿

许渊冲 译

商务印书馆
The Commercial Press

图书在版编目(CIP)数据

如愿/(英)威廉·莎士比亚著;许渊冲译.—北京:商务印书馆,2021(2021.7 重印)
(许渊冲汉译经典全集)
ISBN 978-7-100-19407-5

Ⅰ.①如… Ⅱ.①威… ②许… Ⅲ.①喜剧—剧本—英国—中世纪 Ⅳ.① I561.33

中国版本图书馆 CIP 数据核字(2021)第 022295 号

权利保留,侵权必究。

许渊冲汉译经典全集
如愿
〔英〕威廉·莎士比亚 著

许渊冲 译

商 务 印 书 馆 出 版
(北京王府井大街36号 邮政编码100710)
商 务 印 书 馆 发 行
南京爱德印刷有限公司印刷
ISBN 978-7-100-19407-5

| 2021年3月第1版 | 开本 765×965 1/32 |
| 2021年7月第2次印刷 | 印张 4 7/8 |

定价:70.00 元

目 录

第一幕 …………………………………… 1

第二幕 …………………………………… 31

第三幕 …………………………………… 62

第四幕 …………………………………… 100

第五幕 …………………………………… 122

译后记 ………………………………… 147

剧中人物

老公爵　在流亡中

罗瑟琳　老公爵的女儿

费德烈公爵　老公爵的弟弟，篡了爵位

西莉娅　费德烈的女儿

试金石　宫廷弄臣

亚美恩　老公爵的侍臣

漂亮人　费德烈的侍臣

查尔斯　费德烈的拳师

奥利维　罗兰爵士的长子

雅克斯·德·布瓦　次子

奥朗多　幼子

亚当　罗兰爵士和奥朗多的仆人

登尼斯　奥利维的仆人

雅克斯　与罗兰次子同名的流浪者

柯林　老羊倌

西尔维　年轻的牧羊人

菲碧　西尔维的恋人

威廉　乡人，奥德蕾的恋人

奥德蕾　牧羊女

奥利维·马特　乡村牧师

海门　婚姻女神

大臣、侍臣、侍仆等。

第 一 幕

第一场
奥利维家园中

（奥朗多及亚当上。）

奥朗多　我记得，亚当，我父亲的遗嘱只给了我这可怜兮兮的一千金币。还像你说的，我的命运都要托我大哥的福，由他照管，这样就开始了我倒霉的日子。我的二哥雅克斯在大学度过了他的黄金时代，据说过得不错。至于我呢，他把我和乡下人一样丢在家里，其实说恰当点，就是没有人管。对我这样一个大家子弟，能像养牛一样养着吗？他的马还养得比我好些呢，除了草料充足之外，为了教练，还得花钱请个骑师罢。而我是他的亲弟弟，除了自己长大以外，得到的他的好处还不如牲口的粪堆呢。他不但是给我的空空如也，还不让我的天赋得到发展，让我和他的下人同吃，剥夺了我作为弟弟的地位，使我显得没有教养。就是这样，亚当，使我太难过了。我父亲遗传给我的精神财富叫我怎能容忍这种奴化的待遇呢？我实在忍无可忍了，但是，还没有想到如何避免受到伤害的对策呢。

（奥利维上。）

亚　当　我的主子，你的大哥来了。

奥朗多　那你就走开吧，亚当，你可以在旁边听到他是怎样欺侮我的。

（亚当下。）

奥利维　喂，老弟，你在那里干什么？

奥朗多　没干什么，你没叫我干什么呀。

奥利维　那你也不该偷懒呀，老弟。

奥朗多　天呀，老兄，我正在帮你把上帝制造的忙人变成懒汉呢。

奥利维　天呀，老弟，做点好事，不要偷懒嘛。

奥朗多　难道要我替你喂猪，同猪一起吃糠才算不偷懒吗？

奥利维　你知道你在什么地方，老弟？

奥朗多　啊，老兄，我很清楚是在你的园子里。

奥利维　那你知道你是在对谁说话吗，老弟？

奥朗多　比站在我面前的人更清楚我是什么人。我知道你是我的大哥，你也应该知道我们有同样高尚的血统。根据家族的惯例，你占了长子的地位，比我占了便宜。但是同样的家族传统并没有抹杀我的血统呀，即使你我之间还隔了二十个兄弟，也不能剥夺我身上和你一样有我父亲的血统呀。即使我承认你早出世让你早接近了父亲大人，那也是一样。

奥利维　（举手要打。）你说什么，小鬼？

奥朗多　（抓住他的手。）来吧，老哥，干这一行，你还太嫩了一点。

奥利维　你竟敢对我动手，浑蛋！

奥朗多　我不是浑蛋。我是罗兰·德·布瓦爵士的儿子；他是生我养我的父亲。谁敢说这样的父亲会生出浑蛋来，那才真是个浑蛋。要不是看在你是哥哥的分上，我左手掐住你的脖子，右手就要拉断你的舌头。你居然敢说出这种话来。你这是辱没了自己。

亚　　当　两位好主子，不要动气吧；看在去世的老太爷分上。还是和和气气好些。

奥利维　放开我！我叫你松手。

奥朗多　那要等我高兴，你得先听我说。父亲在遗嘱中要你给我上等的教育，你却把我养成了一个乡巴佬，不让我了解上等人的所作所为。父亲传给我的本性在我身上生了根，发了芽，就要开花了，我怎能吞下这口怨气？因此，你要么就让我去接受上等人的教育，要么就把父亲遗嘱上给我的一点钱拿出来给我，让我自己碰运气去。（放松了手。）

奥利维　你要去干什么？等到钱花光了去做乞丐吗？那好，老弟，你进去吧，我也不愿为你的事费心了。你可以得到一部分你想要得到的东西。我请你走开吧。

奥朗多　若不是为了我的将来打算，我本来并不想麻烦你的。

奥利维　你也同他一起走吧,你这条老狗!

亚　当　"老狗"就是你赏给我的恩赐吗?说得不错,我在你家干活,一直干到老掉了牙齿,老太爷在天之灵绝不会对我说出这种话来的。

（奥朗多、亚当下。）

奥利维　居然到这一步了?甚至敢给我找麻烦!我要你尝尝厉害,你做梦也休想拿到一千金币。喂,登尼斯!

（登尼斯上。）

登尼斯　老爷叫我?

奥利维　公爵的拳师查尔斯有没有来找我?

登尼斯　回禀老爷,他就在门口等候吩咐呢。

奥利维　叫他进来吧。

（登尼斯下。）

他来得真巧,明天就要比赛摔跤了。

（登尼斯领查尔斯上。）

查尔斯　老爷早上好!

奥利维　查尔斯师傅好,新朝廷有什么新消息吗?

查尔斯　宫中没有什么新消息,老消息还不就是老公爵的弟弟成了新公爵,却把老公爵流放了。

5

　　　　老公爵有三四个爱戴他的忠臣也自动跟着流亡，他们的土地和收入又增加了新公爵的财源，所以也就让他们流亡了。

奥利维　你知道老公爵的女儿罗瑟琳是不是也同她的父亲一起流放了？

查尔斯　啊，没有，因为新公爵的女儿是她的堂妹，她们两个在摇篮里就一同生活，难分难舍，姐姐要流放，妹妹就宁死也要去，结果姐妹两个都留在宫里。从来没见过这样相亲相爱的两姐妹。

奥利维　老公爵现在在哪里？

查尔斯　听说他已经到亚登森林去了，还有些欢天喜地的伙伴和他在一起，他们过得像当年英格兰的罗宾汉和他的手下人一样。听说每天还有不少年轻人闻风而去，他们逍遥自在地打发日子，就像黄金时代的古人一样。

奥利维　怎么，新公爵不是要看你比赛摔跤吗？

查尔斯　对，我来就是告诉你关于这件事的，有人私下对我说：你的弟弟奥朗多打算明天化装来和我比赛摔跤。明天我要保持我的荣誉，谁来交手也难免摔断胳膊或者大腿的。你的弟弟只不过是一个年轻娇嫩的小伙子，我看在你的分上，不愿意伤害他，但是他若要来，我又不得不维护自己的荣誉；所以我特来告诉你一声，希望你能不让他去冒险。否则，如果他不听话，栽了跟头，那也只能怪他不自量力，自找苦头，怪不得我手下无情了。

奥利维 查尔斯，谢谢你对我的好意。你会看到我是怎样用同样的好意来报答你的。我自己也注意到我的老弟对这件事的打算，并且不便明说，只好暗暗劝他，但他却是下定了决心就不肯回头的。我可以告诉你，查尔斯，他是法国头脑最顽固的小家伙，争强好胜，容不得别人有胜过自己的地方，甚至卑鄙无耻到了暗中陷害我这个亲哥哥的地步。所以，你看着办吧，我是不在乎你掐断他的脖子或是手指的。不过，你最好要小心点，因为他不管什么坏名堂都使得出来，如果他光明正大赢不了你，他就会暗地里下毒手，不用阴谋诡计把你干掉，不肯善罢甘休，因为我敢肯定，甚至可以带着眼泪告诉你，今天活着的人里，恐怕找不到这样狠毒的年轻人了。我这还是看在亲兄弟的情分上说的话，如果要我认真把他解剖一下，我会难过得脸红耳赤、泪流满面，你也会听得脸色发白、胆战心惊的。

查尔斯　说心里话，我非常高兴来找了你，如果他明天来自讨苦吃，我会叫他吃不消的。如果他明天还走得动的话，我就不会再参加摔跤比赛了。老天保佑你，再见吧。

奥利维　再见吧，好样的查尔斯。

（查尔斯下。）

我现在要去鼓动这个争强好胜的小家伙了。我希望能置他于死地而后快，我的内心深处（我自己也搞不清楚。）恨他简直恨得无以复加。其实，他是很温和的；虽然没有受过教育，但是却有知识；他非常会出好主意；各色人等都喜欢他，仿佛着了迷一样；的确，世人心里都看重他，特别是在我们自己人眼里，结果反倒把我看轻了。不过，这种时间不会太长；这位好样的拳师会解决问题的。不消自己动手，只消点一把火，让那个小鬼上劲就行，现在就行动吧。（下。）

第 一 幕

第二场

公爵府前草地

（罗瑟琳同西莉娅上。）

西莉娅　罗瑟琳，我的好姐姐，求你快活一点好不好？

罗瑟琳　亲爱的西莉娅，我的外表已经比内心快活多了，你怎么能要我外表上更快活些呢？难道你有什么更大的好消息能使我忘记一个流亡在外的父亲吗？

西莉娅　这就可以看出你对我的感情远远不如我对你的感情深厚了。假若是你的父亲流放了我的父亲，也就是说，假如我的伯父把你的叔父流亡在外，那不要紧，我对你的深情就会使我把你的父亲当作我的父亲。所以，如果你

　　　　　对我像我对你一样情重的话，你也会把我的父亲当作你的父亲的。

罗瑟琳　你说得好，我要忘记我现在的处境，设身处地，假如我能和你一样，那有多好。

西莉娅　你知道我父亲的继承人只有我一个，看来也不会再有第二个了，只要他一离开世界，你就是他的继承人，他从你父亲手中得到的一切，我都会真心实意地全部归还给你。凭我的人格发誓担保。如果我违背了誓言，来世就会变成妖魔鬼怪。所以，亲爱的罗瑟琳，亲爱的玫瑰，快活起来吧！

罗瑟琳　那好，妹妹，我会快活起来的，有什么快活好玩的呢？我们来试试恋爱这玩意儿怎么样？

西莉娅　那好，就试试这玩意儿吧。不过，不要玩过了头，不能假戏真做，落入爱情的旋涡，只要羞人答答就适可而止，那就可以安全回来了。

罗瑟琳　不玩爱情还有什么可玩的呢？

西莉娅　我们来和命运女神老板娘开开玩笑怎么样？

　　　　她的纺车转得手忙脚乱，分配起来总是不太公平的。
罗瑟琳　那好，我也觉得她不是把利害分配得当的，这个盲目的女神对女人尤其不公平。
西莉娅　说得不错，因为她对美貌的女人总不肯给美德，而对有美德的女人又不太肯给美貌。
罗瑟琳　不对，这不能怪命运女神，只能怪造人的天神。命运女神哪里管得着面目的美丑呢？

（丑角试金石上。）

西莉娅　那有什么不对的？大自然造了一个美人，难道命运不可以让她落入火坑？虽然大自然给了我们和命运女神开玩笑的本领，难道命运不会派个傻瓜来打断我们的玩笑吗？
罗瑟琳　那命运女神对造人的天神也太不客气了，她用天神自己造的傻瓜，使天神的聪明和玩笑都一刀两断了。
西莉娅　不过，这也不能怪盲目的命运，是造人的天神怕我们太蠢了，分不清命运的好歹，所以派傻瓜来做试金石，看我们能不能看出傻瓜傻在哪里，所以说傻瓜是检验聪明人的试金

　　　　　石。喂，聪明人，你到哪里去？
试金石　小姐，你父亲要你去。
西莉娅　你成了公差吗？
试金石　不是，我发誓，他只是要我叫你去。
罗瑟琳　你哪里学到发誓的，傻瓜？
试金石　我是从一个骑士那里学来的，他发誓说煎饼有味而芥末没有味；我却坚持煎饼不如芥末有味。你们看骑士是不是发了假誓呢？
西莉娅　你的一大堆知识能证明这点吗？
罗瑟琳　对，拿出你的聪明来吧。
试金石　那你们两个都站出来，摸摸你们的下巴，用你们的胡须发誓，说我是个坏蛋。
西莉娅　假如我们有胡须，你就是坏蛋。
试金石　我用坏蛋的名誉发誓，假如我有名誉，那我就是坏蛋。如果你们用你们没有的东西担保，那你们发的誓都不算数。所以，这个骑士既然没有好名声，他发的誓自然不算数了。即使他有好名声，在他看到煎饼和芥末之前，他发过的假誓也使他名誉扫地了。
西莉娅　请问你说的骑士是谁呀？

试金石　你的父亲老费德烈的一个宠臣。
西莉娅　我父亲的宠信就是好名声了,不要再说他吧。总有一天,你会为了造谣生事而挨顿鞭子的。
试金石　那就更倒霉了,聪明人做了傻事不要紧,傻子说到聪明人干的傻事反倒要挨打了。
西莉娅　说老实话,你说对了,自从傻瓜说的聪明话没人理会,聪明人做的小蠢事反倒受到大大的赞扬。你看那不是漂亮人来了吗?

（漂亮人上。）

罗瑟琳　他的嘴巴里包罗了多少消息啊。
西莉娅　他要像喂鸽子一样喂我们了。
罗瑟琳　那我们就要给消息喂胖了。
西莉娅　喂胖了的鸽子不正好上市出卖吗?——你好,漂亮的先生,有什么消息吗?
漂亮人　美丽的公主,你错过一场好戏了。
西莉娅　好戏?五光十色的?
漂亮人　五光十色吗,小姐,我怎么说好呢?
西莉娅　那就要看你的聪明,凭你的运气了。
试金石　或者说碰碰命运女神的高兴吧。

西莉娅　这就是加油加酱了。

试金石　不，这不过是我的本分——

罗瑟琳　怎么？你不再放出你的臭气来了？

漂亮人　两位小姐，你们叫我越听越糊涂了。我只是来告诉你们错过了一场摔跤的好戏。

罗瑟琳　那你就给我们讲讲摔跤的情形吧。

漂亮人　我可以给两位小姐讲讲摔跤的开场。如果你们二位想看的话，好戏的收场还在后头呢，他们就要到这里来摔跤了。

西莉娅　那好，开场已经结束，结束就是死了，埋了。

漂亮人　开场时来了一个老人和他的三个儿子。

西莉娅　这样的开场可以配得上老一套的下场。

漂亮人　三个都是漂亮的小伙子，长得仪表堂堂，劲头十足。

罗瑟琳　难道颈上挂了牌子："所向无敌，下手无情"？

漂亮人　三兄弟的老大和公爵的拳师查尔斯摔跤，查尔斯一下手就把他打翻在地，打断了他三根肋骨，看来没有活命的可能了。查尔斯对老二和老三下手也不留情，三个人都倒在地

|||卜。他们的老父亲哭得死去活来，惹得看摔跤的人不免流下了眼泪。

罗瑟琳　唉！真可怜！

试金石　老兄，你说小姐不该错过的是什么好戏呢？

漂亮人　不就是我这样讲的吗？

试金石　人真是活一天，长一智。我这还是头一回听说打断肋骨是小姐们爱看的玩意儿呢。

西莉娅　说实话，我也是头一回听说。

罗瑟琳　谁想听摔断肋骨的音乐？谁喜欢看打断肋骨的游戏？妹妹，我们还看什么摔跤吗？

漂亮人　如果你们待在这里，那就不看也得看了，因为预定摔跤就在这里收场。他们已经准备来了。

西莉娅　的确，他们已经要来了。那我们就留下来看看吧。

（喇叭吹花腔。费德烈公爵、众大臣、奥朗多、查尔斯及侍从上。）

公　爵　来吧，既然年轻人不听劝告，硬要来冒险试试他的本领，那就来吧。

罗瑟琳　就是那边那个年轻人吗？

漂亮人　就是他,小姐。

西莉娅　哎呀,他太年轻了,不过看起来倒不是没有希望呢。

公　爵　怎么样,我的好女儿和好侄女,你们两个也来看摔跤吗?

罗瑟琳　是的,如果主上让我们开开眼界的话。

公　爵　你们恐怕不会有多大兴趣吧。我可以告诉你们,他们两个可不是势均力敌的。挑战人太年轻了,我劝他,他也不肯罢休,偏要硬碰硬。你们两个去试试看,看小姐们的话能不能打动他的心。

西莉娅　好个漂亮人先生,你去要他过来,好不好?

公　爵　去吧,我不在这里碍事了。(走开。)

漂亮人　挑战的小先生,两位小姐请你过去。

奥朗多　承蒙两位小姐关爱,感到非常荣幸,敢不听命应召?

罗瑟琳　年轻人,你向查尔斯拳师挑战了?

奥朗多　不,美丽的公主,是他向大家挑战的,我不过是像大家一样迎战罢了,我想试试青年人的力量。

西莉娅 年轻的先生,你的勇敢精神比你的年龄高得多了。你看见力大无穷的拳师对人毫不容情,你的自知之明会允许你蛮干吗?你们太不势均力敌了。我们求你为了自己的安全,取消冒险的行动吧?

罗瑟琳 取消吧,年纪轻轻的哥儿,你的名声不会被人低估的。我们会请求公爵不继续摔跤了。

奥朗多 我请求你们二位不要让我为难吧,我怎敢拒绝两位天下少有的美人对我的要求呢?那简直是犯罪了。不过,请你们亲切的目光和善良的愿望都鼓舞我去进行这场艰难的考验吧。如果我被打翻在地,那对一个无名之辈也不算什么难堪的事;如果我送了命,那也是自觉自愿的,不能怨天尤人。我死了也不会对不起朋友,因为没有朋友会为我伤心;世界也不会受到损失,因为我在世上无足轻重,不过是占了一个空位而已,出了空缺,后继的来者会填空补缺,胜过前人的。

罗瑟琳 我是有心无力,但是我的心和力都会和你在一起的。

西莉娅　我的心和力也会和她结伴同行。

罗瑟琳　再见吧,但愿老天保佑,我低估了你的力量!

西莉娅　希望你想得到就做得到。

查尔斯　来吧,那个想上天堂或下地狱的小伙子在哪里?

奥朗多　来了,老兄,不过他并没有什么雄心壮志。

公　爵　你们只要摔一跤就行了。

查尔斯　公爵大人已经费神劝他爱惜生命,但他不自量力,而我敢保证,您不用再劝他一回了。

奥朗多　瞧不起对手要在摔跤之后,不在摔跤之前。现在来吧,看你的了。

罗瑟琳　但愿赫鸠力士给你加一把劲,好一个年轻人!

西莉娅　假如我会隐身术,我就要去拖住大力拳师的后腿。

（两人摔跤。）

罗瑟琳　呀!好棒的小伙子!

西莉娅　假如我的眼睛会打雷闪电,我就敢说谁会倒在地上。

（喊声大起。查尔斯倒地。）

公　爵　住手,住手!——

奥朗多　遵命。我还没有喘过气来呢。

公　爵　你怎么样了，查尔斯？

漂亮人　他说不出话来了，大人。

公　爵　把他抬出去吧。

（侍从抬查尔斯下。）

（对奥朗多）你叫什么名字，年轻人？

奥朗多　大人，我叫奥朗多，是罗兰·德·布瓦爵士的小儿子。

公　爵　你要是别人的儿子就好了。大家都知道你父亲是好人，偏偏他是我的对头，假如你是别人的后代，我本来会高兴得说不出话来的。现在，你走吧，勇敢的年轻人。但愿你是别人家的孩子就好了。

（公爵、侍从、漂亮人下。）

西莉娅　假如我是公爵，姐姐，你看我会这样做吗？

奥朗多　我却觉得做罗兰爵士的儿子很好，即使是小儿子也一样。我并不愿意改变我的家世，即使是做费德烈的接班人我也不愿。

罗瑟琳　我的父亲把罗兰爵士当作知心，也没有人对我父亲提出反对意见；要是我早知道这个年

　　　　　轻人是他的儿子，我对他不但会做出恳求，甚至还会流下眼泪，求他不要冒这个危险。

西莉娅　好姐姐，我们去谢谢他，鼓励鼓励他吧。我的父亲对他不怀好意，态度粗暴，刺痛了我的心。——（对奥朗多）小先生，你的确令人佩服。如果你在感情上也能说到做到，不偏不倚，那做你的情人也真是幸福了。

罗瑟琳　（从颈上解下项链来给他。）好先生，请你为了我的缘故，戴上这圈项链吧。我的时运不佳，假如运气好些，赠礼本来应该是更加丰富的。——（对西莉娅）妹妹，我们走吧。

西莉娅　好。——再见了，漂亮的好先生。

奥朗多　我能送上我的谢意吗？我已经魂飞天外了，站在这里的只剩下一个木偶、一块没有生命的木头。

罗瑟琳　他要我们回去呢。我的自尊心已经随风而去，我要问他为什么叫我们回来。——（对奥朗多）小先生，你叫我们吗？小先生，你摔跤的本事真不错，像被你打倒的人一样，我们也对你倾倒了。

西莉娅　走吗,姐姐?

罗瑟琳　来了,再见吧。

（罗瑟琳、西莉娅下。）

奥朗多　什么沉重的感情压住了我的舌头,使我连话都说不出来了? 她不是很愿意交谈的么?

（漂亮人上。）

啊,可怜的奥朗多,征服了你的不是大力士查尔斯,却是柔情似水的天使。

漂亮人　好先生,我特意来告诉你:离开这里吧! 虽然你应该受到热情的欢呼和赞扬,但是公爵的心情叫人难以捉摸,他对你的所作所为可能产生了误解,脾气不好,我也不便多说,但是你可以猜得到。

奥朗多　谢谢你老兄了,能不能请你告诉我:看摔跤的两位小姐当中,哪一位是公爵的女儿?

漂亮人　从她们的表现看来,两个都不像是他的女儿。其实,瘦一点的是公主,另外一位是流亡公爵的小姐,篡位的公爵把她留下来陪伴他的女儿,她们两个感情好得超过了亲生的姐妹。不过,我可以告诉你,近来公爵不太喜欢他的侄女了，原因就是她们最近收到的来信，都称赞她的德行，同情她父亲的遭遇。我敢用生命担保，他对侄女的不满可能随时爆发。先生，再见吧，我非常愿意在一个更好的地方得到你的消息。

奥朗多　非常感谢，再见吧。(漂亮人下。)

我可能要碰到的坏事会越来越多，离开不讲理的公爵去找不讲理的哥哥。幸亏还有罗瑟琳这样的天仙一个。(下。)

第一幕

第三场

公爵府中

（西莉娅同罗瑟琳上。）

西莉娅　怎么了，姐姐？怎么啦，罗瑟琳？求求爱神手下留情，不要再放箭了，免得她一言不发吧！

罗瑟琳　甜言蜜语怎能说给聋子听呢？

西莉娅　你的言语一字千金，当然不能随地抛弃。不过，我的耳朵也曾听过金玉良言，不要让我变成半聋半哑、不懂道理的瘫子吧。

罗瑟琳　那两姐妹都要又聋又瘫了：一个耳朵听不进道理，一个感情赶走了理智，走得一干二净。

西莉娅　这都是为了你父亲的缘故吗？

罗瑟琳　不是，倒有一半是为了我孩子的父亲。啊，这个手忙脚乱的世界怎么满地是荆棘啊！

西莉娅　姐姐，这不是荆棘，是情人节撒在愚人乐园中的玫瑰刺。如果你在花丛中走过，裙子就要沾上刺了。

罗瑟琳　我可以刷掉裙子上的玫瑰刺，但是这些刺却穿透了我的心啊。

西莉娅　那就吐出来吧。

罗瑟琳　我试试看。只要吐出来的玫瑰刺能把情人勾引过来就好了。

西莉娅　得了，得了，和你自己的感情摔一跤吧！

罗瑟琳　唉，我的感情已经给了一个更强的摔跤手了。

西莉娅　但愿你走好运！虽然你摔了跤，时候一到，你还是可以再试的。不过，把这些玩笑话放到一边去，我们来谈谈真心话。你怎么可能这么突然一下就和罗兰爵士的小儿子坠入感情的深渊呢？

罗瑟琳　我父亲还是公爵的时候，就和他的父亲坠入感情的深渊了。

西莉娅　难道女儿就要继承父亲的感情，坠入对他儿

　　　　子的爱情深渊吗？像你这样追踪下去，我的
　　　　父亲很不喜欢他的父亲。我是不是也该恨他
　　　　呢？但我怎能恨得起来哟？

罗瑟琳　啊，天理良心，看在我的分上，你也不能恨
　　　　他嘛。

西莉娅　为什么我不能恨他呢？跟着父亲有什么
　　　　错吗？

　　　　（费德烈公爵及众大臣上。）

罗瑟琳　让我为了父亲而爱他吧，请你也为了我而爱
　　　　他如何？瞧，公爵来了。

西莉娅　他的眼神还怒冲冲的呢。

公　爵　（对罗瑟琳）小姐，为了你的安全，你还是
　　　　尽快离开我的宫廷吧。

罗瑟琳　叔叔？

公　爵　你是我的侄女，限你十天之内离开宫廷，如
　　　　果到期你还在我的宫廷二十里之内，那就要
　　　　处死了。

罗瑟琳　我想请您开恩。让我知道我错在什么地方。
　　　　其实，我知道我的所作所为，甚至我的思想
　　　　愿望，连做梦也不会想到，而且我的确相信

　　　　我并没有发疯，那么，敬爱的叔叔，既然我连想都没有想到过我敢开罪我的长辈，那为什么要把我赶走呢？

公　爵　所有存心不良的人都会像你这样说的。怎能听了他们的话，就相信他们改头换脸、清白无辜了呢？其实只消说一句话：我不能相信你。

罗瑟琳　您不相信我，也不能使我成为罪人呀。请明白说我犯了什么罪，好吗？

公　爵　你是你父亲的女儿，这一句话就够了。

罗瑟琳　当您取代我的父亲得到爵位的时候，我也是他的女儿，当您把他流放时，我还是他的女儿；再说，罪恶并不能继承的呀，大人。如果说我的亲友犯的罪牵连了我，那也不是我的罪，我的父亲也没有犯罪呀。因此，敬爱的主子，请不要把我的无依无靠当作罪行看吧！

西莉娅　敬爱的主子，听我也说一句——

公　爵　唉，西莉娅，我们留她都是为了你的缘故，否则，她早随她的父亲流亡去了。

西莉娅 那时我也没有求你把她留下呀,是你自己愿意,是你的怜悯心留下她的。那时我还太小,看不出她有多么好,但是现在我了解她。假如说她有罪,那我也有罪了。我们现在还是同睡同起,同玩同学,同吃同喝,无论我们到哪里去,都是像给天后拉飞车的天鹅一样成对成双、难分难解的。

公 爵 她对你太有心眼了,她显得平易近人,寡言少语,忍气吞声,说起话来惹人怜悯。你上当受骗了,她使你有名无实,要是她离开了你,你才露得出你的光辉灿烂、你光明磊落的德行,所以你不要多嘴了。我的主意已定,不会改变,她一定得流放。

西莉娅 那就把我也流放吧,我的主子,我和她是不能分的。

公 爵 你是一个傻瓜。而你呢,侄女,去做准备吧。如果超过了期限,我就要说到做到,我的话不是空言假语,你若不信,那就死定了。(公爵等下。)

西莉娅 啊,我可怜的罗瑟琳,你到哪里去呢?若能

　　　　　换个父亲就好了，我把我的给你，怎样？我
　　　　　不要你比我更难过。
罗瑟琳　但我难过的原因比你多得多呀。
西莉娅　不对，姐姐，请你高兴一点吧。难道你没看
　　　　　见：公爵把他亲生的女儿也流放了吗？
罗瑟琳　他没有呀。
西莉娅　他没有吗？可见你我还不同心同德。难道你
　　　　　不晓得我们的心已经合二为一、难解难分了
　　　　　吗？同甘共苦的姐妹怎能分开！让我的父亲
　　　　　另外去找继承人吧！我们来想想怎样飞越障
　　　　　碍，到哪里去，带些什么。痛苦的担子不
　　　　　要一个人挑，为什么不和我同甘苦呢？老
　　　　　天在上，只要我们同心协力，痛苦也要黯
　　　　　然失色的。
罗瑟琳　那么，我们到哪里去呢？
西莉娅　到亚登森林找伯父去吧！
罗瑟琳　哎呀，两个少女走这么远的路，多危险呀！
　　　　　美色比黄金还更使人垂涎三尺呢！
西莉娅　那我就装扮成一个穿破衣烂衫的穷人，脸上
　　　　　抹些泥巴，你也可以一样打扮。这样，我们

就可以一路顺风，不会惹人注意了。

罗瑟琳　我穿男装岂不更好？我比你高，更像个男子汉，腰间挂上一把弯刀，手里拿着一根刺野猪的长矛——虽然衣服下面藏着一颗胆战肉跳的妇人心——外表却装得天不怕、地不怕的神气，就像一个外强中干的胆小鬼一样。

西莉娅　等你装扮成了男人，我叫你什么名字呢？

罗瑟琳　我的名字也不能低于天神的恋仆，你就叫我嘉利美吧。那我怎么叫你呢？

西莉娅　我的名字也不能有失身份，那西莉娅就改成亚林拉吧。

罗瑟琳　妹妹，我们能不能把你父亲宫中的丑角带走，也好一路消愁解闷？

西莉娅　他愿随我走遍天下，只消我去对他说一声就行了。我们现在走吧，去把珠宝财物带上，安排时间，走最稳当的路，不要给人追回去。

　　现在我们不是给人流放，

　　　而是走在自由的大路上。

（二人同下。）

第 二 幕

第一场
亚登森林老公爵住所外

（老公爵、亚美恩、二三侍臣，穿林中人衣装上。）

老公爵　和我同甘苦、共患难的伙伴们、弟兄们，这种朴实的生活难道不比浮华的日子好得多吗？这个森林难道不比钩心斗角的宫廷过得更加自由、更加安全吗？这里我们只能感觉到上帝对亚当的惩罚，把温暖如春的气候变成冰雪交加的冬天，或寒风怒吼的季节，即使在风吹雨打的时候，也表明大自然的实事求是，不会像吹牛拍马、讨好卖乖的朝臣一样。即使我冷得缩成一团，我也会一笑置之，因为这是自然规律。老天带着感情教我要有自知之明，逆境也有逆境的好处，蛤蟆虽然是丑八怪，甚至有毒，但它头上还有解毒的珍珠呢。我们现在的生活虽然远离尘世的喧嚣，但树木有它萧索的语言，流水会唱出潺潺的歌声，石头也会说教讲理，万物都是各有所长的啊。

亚美恩　要我换个样子生活，我还舍不得呢。在您的光辉笼罩下，就连苦难也不觉得可怕了。

老公爵　来吧，我们打猎去怎么样？但我又不忍心伤害这些梅花鹿，它们把这片荒野变成了居住的乐园，却要被三叉箭头射伤圆溜溜的腰股，伤得血迹斑斑，那我怎么忍心呢！

侍臣一　的确，我的主子，无怪乎忧郁的雅克斯发誓说：你篡夺了鸟兽的王国，不下于你的兄弟剥夺了你的爵位。今天亚美恩爵士和我走到雅克斯背后，看他躺在一棵古老的橡树下。树根一直伸进了林间小溪的潺潺流水中，溪边有一头受了伤而离群的梅花鹿，它发出的悲声使它的腹部一鼓一缩，仿佛要开裂了，而大颗的泪珠一滴一滴从麻木的鼻子上流下来。忧郁的雅克斯却目不转睛地看着这可怜的小鹿用珠圆玉润的泪水灌溉着这滚滚而去的溪流。

老公爵　雅克斯说了什么没有？他能不见景生情吗？

侍臣一　啊，哪能不说呢？他说了无数个比喻。首先，他说哭是浪费眼泪，小溪并不需要加水。他说："鹿啊，你这是穷人立遗嘱，送钱给富翁。"等他看到油光滑润的鹿群离它而去时，他又说了："人穷了，哪里有朋友？"还有吃饱了的鹿群蹦蹦跳跳而来，毫不关心受伤的伙伴，又蹦蹦跳跳走了。"油光满面的胖老板哪有工夫招呼面黄肌瘦的穷小子呢！这不合乎规矩！"雅克斯说。就是这样，他看透了世道人心。他赌咒发誓，说我们这一辈子都强横霸道，更坏的是，我们还屠害生灵，霸占它们的地盘，使万物都不聊生呢。

老公爵　你们就让他这样沉思默想吗？

侍臣二　主子，我们只好让他和受伤的鹿一同悲叹哀鸣了。

老公爵　带我到他那大发牢骚的地方去,他还是别有
　　　　见地的。
侍臣一　那我就来领路吧。(众下。)

第 二 幕

第二场

公爵府中

（费德烈公爵及大臣上。）

公　爵　没有人看见她们，这可能吗？我的宫中不可能有坏人会帮她们干这种事的。

大臣一　我也没听说有谁看见过小姐。据她的内室侍女说，她们看见小姐上床的，可是第二天一早，却发现人去床空了。

大臣二　主公，那个经常陪您逗笑的小丑也不见了。小姐的内室侍女西蓓拉承认：听到过小姐和她的堂姐夸奖那个年轻的摔跤好手，就是最近摔跤比赛中打败了大力士查尔斯的那个年轻人。侍女还相信：无论她们两个到哪里去，那个小伙子一定会同她们在一起。

公　爵　派人到他哥哥家里去，把那个摔跤赢了查尔斯的年轻人带来。如果他不在家，就把他哥哥带来见我。我要派他去找他的弟弟。马上动手，不要让搜寻落空。尽快把这两个不告而别的傻小姐找回来。

（众下。）

第 二 幕

第三场
奥利维家门前

（奥朗多、亚当分别上。）

奥朗多 那是谁呀?

亚　当 怎么啦,我的小主子! 啊,我的好主子! 啊,我亲爱的主子! 啊,你就是罗兰老勋爵的替身! 你怎么来啦? 你怎么这样好? 为什么大家都爱你? 为什么你这样温和、强壮又勇敢? 你怎么这样天不怕地不怕,居然敢把脾气暴躁的公爵洋洋得意的头牌拳师打翻在地? 你的名声比你本人还更快就传到了家里。难道你不晓得,小主子,有些人的名声反而成了他们的敌人? 你的名声就是这样,它使好事变坏了，反而对你不利。啊，这是什么世界，美好的名誉反而成了毒药！

奥朗多　你怎么这样说？

亚　当　啊，倒霉的小主子，不要再走进家门了，屋顶下住的人都是你的对头，你的哥哥——不，他不是你哥哥，不过，他还是你父亲的儿子——不，我不认为他是罗兰老爵士的后代——他听到对你的赞美不绝于耳，今夜打算把你住的房子烧掉，把你活活烧死。如果烧不死你，他还有办法置你于死地。我听到他同他那一伙人暗中商量，不过这里不是说话的地方，这个家已经要变成屠宰场了，真是既讨厌，又可怕，你可不能再进去了。

奥朗多　那怎么办，亚当？你叫我到哪里去？

亚　当　随便到哪里去，只要不进家门就行了。

奥朗多　怎么，你要我去乞讨为生，或者拿着杀人不见血的刀剑去拦路打劫吗？如果我不这样，那还有什么可做呢？但我可不愿这样，只好尽我所能，去听任一个不认血肉之亲的哥哥随意摆布了。

亚　当　不要这样，我还有五百金币呢。那是我在你父亲手下多年积累以备年老体弱时用的，你拿去吧。喂乌鸦的食物也可以喂麻雀，还可以做我老年的安慰。这些金币你拿去吧，我给你了，让我侍候你一辈子。我虽然年纪老了，但是身体结实，精力也还充沛，年轻时不好勇斗狠，胡作非为，所以老年虽然雾气沉沉，还是像个晴朗的冬天。让我伴着你吧，我还可以干年轻人干的活，做你需要做的事呢。

奥朗多　啊，我的老好人，在你身上显出了多少百年不变的老作风啊。难得的是，一个人操劳流汗，只是为了尽其在我，不是为了得到报酬。不像时兴的做法，流汗只是为了提升职务，一旦目的达到，就不再任劳任怨，只说那是一句笑话，不可当真；而你却不是那样。可怜的老好人，你现在可是在修剪一棵枯树了。不管你多么加油卖力，它也不会再开花结果的。不过，你就还是干你的，让我们一同干下去吧。

　　　　不等我们把赚来的钱花完，
　　　　也许可以找到合意的事干。
亚　当　小主子，走吧，我会跟着你，
　　　　忠心耿耿，直到最后一口气。
　　　　从十七岁起一直到现在，
　　　　我活到了八十岁的年代。
　　　　我一直在这里活到今天，
　　　　十七岁时可以改头换面，
　　　　到了八十，也许晚了一点。
　　　　命运不能给我更好的报酬，
　　　　只求报答恩情能天长地久。
　　　　（同下。）

第二幕

第四场

亚登森林

（罗瑟琳着男装为嘉利美，西莉娅着牧羊女装为亚林拉，及丑角试金石上。）

罗瑟琳　天哪，我的精神都提不起来了。

试金石　只要提起腿走得动，我倒不在乎精神。

罗瑟琳　我心里也不在乎：哭得像个女人会丢了穿男装的脸，但是穿紧身男装衣裤的，总该比穿女装衣裙的更有勇气吧。因此，鼓起勇气来！好个亚林拉！

西莉娅　请你照顾一点，我实在走不动了。

试金石　我倒愿意照顾你，不愿背你走。不背你就是不背你钱上的十字架，你钱袋里也没有多少钱了。

罗瑟琳　啊，这就是亚登森林了。

试金石　唉，总算到亚登了。我真傻，家里比这里好多了。真是在家千日好，出外半日难啊。

罗瑟琳　唉，只好就这样吧，好个试金石。你看谁来了？一个年轻人和一个老头子，谈得挺来劲呢。

（他们退到旁边。）

（柯林、西尔维上。）

柯　林　我猜得到，因为我以前也恋爱过。

西尔维　不，柯林，你老了，虽然你年轻时也是一个多情人，不过你没有像我这样真正恋爱过，这样在夜半枕上唉声叹气。但是如果你爱得像我这样深——我敢肯定从来没有人这样爱过——那你胡思乱想，会做出多少糊涂可笑的事啊！

柯　林　我也干过不少傻事，但是现在可都忘了。

西尔维　啊，那可不是真心实意的爱！如果你忘了爱恋中最微不足道的小事，那你就没有真正投身进去，还没有真正爱；如果你对情人的赞

　　　　　美没有说得听的人厌烦，你就还没有真爱。如果你没有感情冲动，突然一下离开听你讲的人，你就没有真爱！啊，菲碧，菲碧，菲碧！

罗瑟琳　哎呀，可怜的牧羊人，我在寻找你的伤痕时，却找到我自己的伤痕了。

试金石　我也一样，记得我和珍妮卖笑女做爱的时候，我把武器磨得硬邦邦的，到夜里来会我的情人；记得我吻过她洗衣棒一般硬的乳头，她挤过牛奶的双手使我精液直流；还记得我在阴囊中取出两颗豆子，流着眼泪使泪珠和豆子溶成乳头。我们那时的情人就是这样私通的。既然大自然中的万事万物都不是不朽的，我们的爱情也就显得疯狂可笑了。

罗瑟琳　你说得这样俏皮，恐怕出乎你自己的意料吧。

试金石　我不碰得头破血流，也不会知道自己的皮里阳秋。

罗瑟琳　天哪，这个牧羊人简直说出了我心中的恋情。

试金石　也说出了我的心里话，不过那都是陈年老账了。

西莉娅　　我求你们二位,谁去问问牧羊人:这里有钱能不能买到吃的东西?我饿得要晕倒了。

试金石　　喂,乡巴佬!

罗瑟琳　　不要乱叫,小丑,他不是和你一类的人。

柯　林　　谁叫我啦?

试金石　　比你高一头的人,老兄。

柯　林　　不比我高就太低了。

罗瑟琳　　不要乱讲,且听我说。——你晚上好,老伙计。

柯　林　　你也好呀,好伙计,你们大家都好。

罗瑟琳　　请问老羊倌,在这一片荒野里,你有没有熟悉的地方,或者是有钱买得到吃喝的地方,可以让我们去歇息一会儿,吃上一顿?我们这里有一个年轻的姑娘累得走不动,几乎要晕倒了。

柯　林　　好伙计,我也可怜她,并且将心比心,希望能帮她一点忙。可惜我只是一个为别人放羊的帮工,剪下来的羊毛都不是我的,而我的东家是个小气的乡下人,他不太在乎做好事可以灵魂升天。他的茅屋、羊群和草场都正出卖。而我们的羊圈因为东家不在，也没有什么可以喂饱肚子。不过，我说话的意思是你们到这里来，还是受欢迎的。

罗瑟琳　要买羊群和牧场的是什么人呀？

柯　林　就是你们刚才看到的那个年轻人。但是他并不在乎买不买牧场。

罗瑟琳　我想问你：可不可以请你把茅屋、牧场和羊群都买下来，但不用你出钱，我们可以代你交付，行吗？

西莉娅　我们还会给你工钱。我很喜欢这个地方，非常想在这里消磨时光呢。

柯　林　肯定这里是要出卖的。你们同我去吧！如果你们喜欢这块土地和它的收益，还有这里的生活，我就可以做你们老实的羊倌，替你们买下牧场，使你们喜欢。

（众下。）

第 二 幕

第五场

亚登森林老公爵住所外

（亚美恩、雅克斯等上。）

亚美恩 （唱）在绿色的树林里,

谁愿和我在一起?

把他快乐的歌声

变成林间的鸟鸣?

来吧, 来吧, 来吧,

这里没有敌意,

只有寒冬的天气。

雅克斯 再来一个, 我请你再唱一个。

亚美恩 再唱会使你忧郁的, 雅克斯先生。

雅克斯 我不怕, 请你再唱一个。我会从歌中吸取忧郁，就像黄鼠狼吸蛋一样。请你再唱一个吧。

亚美恩　我的声音时高时低，不会讨人欢喜。

雅克斯　我不要你讨我欢喜，只要你唱歌就行。来吧，唱吧，再唱一曲——你说这是德国曲子？

亚美恩　随便怎么说，雅克斯先生。

雅克斯　我不在乎叫我什么名字。歌子并不欠我的情。你唱一曲好吗？

亚美恩　这是你要我唱，不是我喜欢唱。

雅克斯　那好，如果我说过谢谢什么人，那就是谢谢你了。他们把客气话当作两只狒狒的见面礼。一个人表示真心谢意，好像给了乞丐一个小钱，就要他道谢似的。唱一曲吧。不唱的就不必开口。

亚美恩　好，我就把这首歌唱完。诸位，摆好桌子吧，公爵就要来树下喝酒了。他一天都在等着见你呢。

（桌子摆好，上面放了酒菜。）

雅克斯　我也一天都在躲着不见他呢。他和我在一起太喜欢争论了，我想到的事情和他一样多，不过，谢天谢地，我却没说什么好话。现在来唱吧!

（大家齐唱。）哪个不想富贵荣华?

　　　　　　喜欢活在阳光之下?

　　　　　　找到什么就吃什么,

　　　　　　吃什么都会笑哈哈。

　　　　　　来吧,来吧,来吧!

　　　　　　这里没有敌情恶意,

　　　　　　只有寒冬的冷天气。

雅克斯　（把一张纸给亚美恩。）昨天夜里我胡思乱想,给这首歌配上了歌词。

亚美恩　那我就来唱吧:

　　　　如果有这种事:

　　　　有人变成驴子,

　　　　却把逸乐财富

　　　　留给酒色之徒,

　　　　杜克丹,杜克丹,

　　　　他要到这里来,

　　　　全是傻瓜蠢材,

　　　　仿佛要比高矮。

"杜克丹"是什么意思?

雅克斯　这是希腊话，叫傻瓜围坐一圈喝酒，我要睡觉去了，否则，我就会咒骂新生的埃及人。

亚美恩　我要去找公爵，他的酒席准备好了。(各下。)

第二幕

第六场

亚登森林

（奥朗多及亚当上。）

亚　当　我的小王子，我实在走不动，恐怕要饿死了。让我躺下来，量一量坟墓的尺寸吧。永别了，我的好主子！

奥朗多　怎么啦，你觉得怎么样，亚当？你坚强的意志呢？你要活下去，要好好活下去，高高兴兴地活下去！只要这个神不知、鬼不觉的森林里有什么奇珍异兽，要它不能吃掉我，我就要把它带回来给你吃。"快要死了"是你自己的想象，不是你的实际。为了我，你也得好好活着，把死亡推到身外去。我现在要离开你一会儿,马上就会回来。如果我不能给你带来生活所需要的,那我也不能使你不离开这个世界了。但是如果你在我回来之前就撒手而去,那就对不起我为你做出的努力了。我说得对吗?你看起来快活一点了,我马上就回来。你躺在这里太荒凉了,我把你背到好一点的地方去,等我回来。只要这里还有吃的,我就不会让你饿死。快快活活地等我回来吧,好亚当!

第 二 幕

第七场

亚登森林老公爵住所外

（老公爵及流亡侍臣上。）

老公爵　我怕他也变成野兽了,因为哪里也找不到他。简直不像一个人样。

侍臣一　大人,他刚刚还在这里兴高采烈地听唱歌呢。

老公爵　如果他的南腔北调也能变成音乐,那天上的星星都要暗淡无光了。把他找来,就说我要找他谈话。

（雅克斯上。）

侍臣一　不消去找,他自己来了。

老公爵　怎么样,老兄?你过的是怎么样的好日子呢!怎么要你可怜的朋友千呼万唤才肯大驾光临呀!

雅克斯　一个傻瓜,一个傻瓜,我在林子里碰到了一个穿得花花绿绿的傻瓜。——人要吃才能活,这是个多么可怜的世界。我碰到一个傻瓜,他躺下来晒太阳,用好听的话来和命运女神开玩笑。话虽说得好听,但他只是个穿得花花绿绿的傻瓜。我说:"早上好哇,傻瓜。""不,老兄,"他说,"等老天让我发了财再叫我傻瓜吧!"他从口袋里掏出一个表来,用没精打采的眼睛看了一眼,非常聪明地说:"现在是十点钟,这样,我们就可以看出来,"他说,"世界是怎样往前走的。一个小时之前该是九点,再过一个小时就是十一点了。然后又一个小时一个小时地过去,我们越来越熟悉,然后又一个小时一个小时地过去,我们越来越腐朽。这就是故事的结尾。"等我听完了这个穿得花花绿绿的小丑传道说教,发表关于时间的奇谈怪论之后,我的心胸也像公鸡一样报时了。傻瓜怎么会这样深思熟虑啊!我就这样前俯后仰地笑个不停。根据傻瓜的表来计算,也足足笑了一个钟头。啊,高贵的傻瓜,你是一个无价宝,只有你才配穿得花花绿绿的。

老公爵　这个傻瓜是谁?

雅克斯　这个傻瓜是个无价宝!他在宫廷里做过官,他说,如果女人年轻貌美,那没有一个会自己不知道的。可是傻瓜的脑袋瓜子却干瘪得像航海回来没吃完的饼干,却塞满了他眼观六路、耳听八方观察得来的千奇百怪的丰富经验,他又能用胡言乱语说了出来。我真巴不得做个穿得花花绿绿的傻瓜啊。

老公爵　你会穿上傻瓜衣服的。

雅克斯　我只要这一套,只要你不加官晋爵说我是聪明人。我要自由,像风一样愿意吹谁就吹在谁身上。而最怕我的风吹在他身上的人,却也笑得最厉害。为什么呢?这就和去教堂的大路一样显而易见。因为傻瓜说的聪明话击中了要害,但听起来却像傻话。聪明人干的傻事,傻瓜随便一眼就看出来了。给我穿花衣服,让我胡说八道吧,我会用我的泻药把这个污染了的世界洗得一干二净的。

老公爵　去你的吧。我知道你会干出什么好事来的。

雅克斯　什么？难道我不会为了一个便士就做好事？

老公爵　最讨厌的错误就是有嘴说别人，没嘴说自己。其实，你就是一个放荡不羁的浪子，却要把满身的脓疮毒液漫无边际地随便吐在别人身上。

雅克斯　怎么？谁敢得意扬扬地吹嘘自己没有犯过错误，甚至就是他责备别人犯过的错误呢？难道他的错误不也是浩如烟海，很不容易改正的吗？当我说城里的女人犯不着在她们不够格的肩头像宫廷的贵妇一样披上富丽堂皇的衣装，我有没有指名道姓？谁敢挺身而出说我指的是她，而不是和她身价不相上下的邻居呢？有没有地位低下的人怪我没有花钱为他做好衣服，认为这就是瞧不起人？其实这是他的胡思乱想，和我说的话没有什么关系。因此，你说，我怎么不对？我有什么错？我的舌头说错了什么话？如果没有说错，那就是他自己错了。如果他也不错，那我的话就像雁过天空无影踪，和谁也没有关系。瞧！那是谁来了？

（奥朗多上。）

奥朗多　不要吃了！听见没有？

雅克斯　怎么？我还没有吃呢。

奥朗多　不许你吃，要让快饿死的人先吃！

雅克斯　这只好斗的公鸡是从哪里来的？

老公爵　小伙子，是不是多灾多难使你胆大妄为了？否则，怎么会这样粗暴无礼，不懂规矩，看起来没受过一点教育呢！

奥朗多　你这一下说到点子上来了。苦难的荆棘丛生，我哪里顾得上什么温文尔雅的礼貌；不过教育我是受过的，并且懂得礼节。你们先听我说：谁要敢先动手吃水果，就是不要命了，一切要等我的事情办完再说。

雅克斯　既然你这样不讲道理，我哪里还能不死呢？

老公爵　你要什么？文明的态度比粗野的行为更有力量使人对你更好一点。

奥朗多　我都快饿死了，你们得让我先吃。

老公爵　那就坐下来吃吧，欢迎文明的人就座。

奥朗多　你们说话这样彬彬有礼，请原谅我吧。我还以为在这一片荒野、渺无人迹的地方，一切都是粗野无理的，所以我也装出强横霸道的样子，说话都是用命令语气了。我没有想到，在这一片暗无天日的树林里，你们看着爬行的时间一个钟头一个钟头无声无息地消失，居然能无动于衷——如果你们看见过美好的日子，听到过教堂的钟声传播的福音，享受过富贵人家丰盛的宴席，眼睛里擦掉过一滴同情的泪水，心里知道付出同情和得到同情的滋味，你们就会明白我粗野的态度为什么会变得温和，为什么希望能得到你们原谅，我惭愧得面红耳赤，偷偷地把宝剑藏起来了。

老公爵　我们当然看见过更美好的日子，听到过教堂的钟声召唤我们去做礼拜，享受过富贵人家丰盛的宴席，擦掉过神圣的同情心使我们眼中流出的泪珠，所以你可以和和气气地坐下来，随意享用我们提供的食品。

奥朗多　那请你们等一会儿再享用你们的食品，好不好？我要像母鹿一样去把我的小鹿找来，先喂饱他的肚子。这是一个可怜的老人，他由于深重的感情，不顾年老体弱，忍饥挨饿，跟着我不辞劳苦，一瘸一拐地走了很远的路程。所以在他吃饱之前，我怎能只顾自己先吃呢？

老公爵　你去把他带来吧，在你回来之前我们不会先吃的。

奥朗多　谢谢你们，上天会祝福你们慷慨助人的。

老公爵　你可以看得出：生活道路坎坷的人并不只是我们，在世界这个辽阔的舞台上，多少人忍受着更多的痛苦和不幸啊。

雅克斯　世界就是一个舞台，男男女女都扮演着不同的角色：他们都有上场和下场的时候。一个人一生可以分为七幕：第一幕演的是婴儿，在奶妈怀里咿咿呀呀，吃吃吐吐。第二幕是学童，去上学时愁眉苦脸，走起路来慢得像蜗牛在爬行；放学时却满脸笑容，拿起书包就跑。第三幕是情人，唉声叹气像火炉上的开水壶，写一首自作多情的恋歌，赞美恋人的眉毛如一弯新月。第四幕是当兵，满口赌咒发誓，满脸胡子犹如豹皮，争功夺赏，吵嘴打架，在炮火中寻找水上的浮名。第五幕是做官，圆圆的肚皮里面塞满了肥鸡瘦肉，肚子胀得像个鸡蛋，眼睛尖得像针，胡子硬得像刺，说起话来引经据典，举起例来博古通今，就这样演出了一个当官的人。第六幕变成了一个瘦老头，穿着拖鞋和过长的长裤，鼻子上架着眼镜，腰间挂着钱包，燕尾服紧束的裤腿在瘦削的大腿上却显得宽松，洪亮的声音又恢复了儿童时代的尖嗓子，听起来像哨音或笛声。最后一幕结束了这丰富多彩的人生历程，再现了第二个童年时代，出现了遗忘的岁月：有眼无珠，有口无牙，有舌无味，一个一塌糊涂的晚年。

（奥朗多背亚当上。）

老公爵　欢迎。放下你背上的老人，请他吃东西吧。
奥朗多　我代表他向您道谢。
亚　当　也只好麻烦你，我很难开口道谢了。
老公爵　欢迎，请用餐吧。我现在不打搅你们，暂时

　　　　　不问你的情况。给我们奏乐吧,老表,你来
　　　　　唱歌。
亚美恩　(唱)吹吧,吹吧,冬天的风,
　　　　　你还不算自私自利,
　　　　　也不像人忘恩负义。
　　　　　你有牙齿却咬不动,
　　　　　人看不见你的影踪,
　　　　　只听得见你的呼吸。
　　　　　嗨嗬,嗨嗬,唱歌献给冬青,
　　　　　友谊和爱情是装疯作假的声音。
　　　　　嗨嗬,冬青,
　　　　　人生一片虚情。

　　　　　冰冻吧,冰冻吧,天空!
　　　　　冰冻并不使人苦痛
　　　　　超过自私自利的心。
　　　　　虽然你能使水结冰,
　　　　　冰的牙齿并不锋利,
　　　　　不如人的忘恩负义。
　　　　　嗨嗬,嗨嗬,唱歌献给冬青,

　　　　　友谊和爱情是装疯作假的声音。

　　　　　嗨嗬，冬青，

　　　　　人生一片虚情。

老公爵　如果像你刚才低声说的，你是罗兰爵士的儿子，我的眼睛也可以看得出来：你的面貌和他非常相像，他的眼、耳、口、鼻几乎都活现在你的脸上了。所以我真的非常欢迎你来；我就是很爱你父亲的公爵，所以到我穴居的地方去，详细告诉我你遭遇的情况。好老人，你和你的主子一样受欢迎。扶住他的胳膊，抓住我的手，让我慢慢了解命运给你带来的遭遇吧。

　　（众下。）

第 三 幕

第一场

公爵府

（费德烈公爵、大臣及奥利维上。）

公　爵　以后就没有见到他？你，你，这可能吗？如果我不是宽大为怀，有你在眼前，我还用得着去找一个看不到的人去出这口怨气吗？但是你要听着：不管你的兄弟在哪里，一年之内，你点着蜡烛也要去把他找来，找不到就莫怪我不客气，你休想在我的国土上找到立足之地。你的土地财产都得没收充公，除非你兄弟的亲口供词能摆脱你的罪名。

奥利维　啊，请大人明白我的心情，我这辈子从来没有喜欢过我的这个兄弟。

公　爵　那你就更坏了。好，你把他赶出门去，让我负责这方面的官员算算他的房产土地，尽快统计出来，把他赶走。

（众下。）

第 三 幕

第二场

亚登森林

（奥朗多上，手里拿着诗笺。）

奥朗多　诗笺挂在林中显示爱情，
　　　　献给我的月神、狩猎女神。
　　　　从白云间，你贞洁的眼睛
　　　　像猎神射穿了我的一生。
　　　　罗瑟琳，我的书就是树林，
　　　　树皮上有我思想的踪影。
　　　　每只能穿透树林的眼睛
　　　　都会看到你美丽的化身。
　　　　跑吧，奥朗多在每棵树上，
　　　　都看得到她创造的天堂！（下。）

（柯林、试金石上。）

试金石　不错，羊倌，林中生活本来很好，但是牧羊生活就不算什么了。林中生活清静，我很喜欢；但是不足为外人道也，这就没有什么趣味了。田野讨人喜爱，但是没有宫廷生活富丽堂皇，不免令人日久生厌。这里生活简朴，倒也合乎我的口味；但是没有丰衣足食，肚子怎么受得了呢？你有一点哲学头脑吗，羊倌？

柯　林　不多，但也知道一点：一个人越是生了病，就越会觉得不舒服；没有金钱，没有办法，又不知足，那就是少了三个好朋友；下雨地会湿，火会烧东西；牧场越好，养的羊就越肥；天黑的缘故是没有出太阳；一个人学不好就怨天尤人，不是怪天生的不聪明或者出身低贱，就是怪教得牛头不对马嘴。

试金石　你这样的人真是天生的哲学家了。你去过宫廷吗，羊倌？

柯　林　说实话，没去过。

试金石　那你就该死了。

柯　林　不会吧，我看不会。

试金石　的确你就该死，你像个半生不熟的鸡蛋。

柯　林　因为我没有去过宫廷。就是这个理由吗？

试金石　当然，如果你没有去过宫廷，就没有见过大派头；没见过大派头，一定傻里傻气；傻气就会坏事，坏事还不是罪过吗？你已经处在很危险的地步了，羊倌。

柯　林　一点也不，试金石。宫廷里的大派头到了乡下就会显得好笑，正像乡下的土气在宫廷里看起来很滑稽一样。你说你们在宫廷里见面就要吻手，如果宫廷里的大官成了乡下的牧羊人，那吻手就显得不太干净了。

试金石　怎见得？你说说看，简单一点。来，举个例吧。

柯　林　那还用说吗？你知道我们给母羊挤奶，而羊毛是多脂的。

试金石　那有什么奇怪的？你们的宫廷大臣手上难道没有汗吗？羊脂难道不和汗一样干净？太肤浅了，太肤浅了。再举个合适的例子，我说。来吧。

柯　林　再说，我们的手粗。

试金石　那你们的嘴唇不是更容易感觉到吗？难道嘴唇和手一样没有感觉？说不过去。再说说看。

柯　林　羊有伤痛要涂柏油，难道你要我们去吻油污的手？而宫廷大臣的手都是用麝香熏过的。

试金石　你又颠倒是非了。难道你连香肉臭肉都分不清？向聪明人学点聪明吧。要知道麝香是麝猫排泄的脏东西，比柏油要脏多了。改正你的错误吧，羊倌。

柯　林　你们宫廷里的人会把死的说成活的。我承认我输了。

试金石　难道你承认你活的变成了死的？请上帝帮帮忙，像把生肉煮熟一样，把你这个事事陌生的头脑变得对事熟悉一点吧！

柯　林　老兄，我只是一个老老实实的牧羊人，我攒到钱就吃饱肚子，有衣服就穿；对人没有仇恨，也不羡慕别人的福气；别人好我高兴，自己倒霉也不怨天尤人。我最高兴的就是看到母羊吃草，小羊吃奶。

试金石　你太糊涂了。你把母羊和公羊拉到一起配对成双,维持你的生活;你给挂铃的带头羊拉皮条,把一头才十二个月的小母羊硬配给一头弯角多年的老公羊,这样对得起维持你生活的公羊母羊、老羊小羊吗?如果你不去见魔鬼,还有谁该去呢?我看你是逃不过这一关的。

柯　林　不要再说。我新主妇的哥哥嘉利美来了。

（罗瑟琳读诗笺上。）

罗瑟琳　从东印度到西印度边境,
　　　　没有珠宝比得上罗瑟琳。
　　　　风在到处传播她的名声,
　　　　全世界无人不知罗瑟琳。
　　　　图画上千媚百娇的美人,
　　　　没有一个比得上罗瑟琳。
　　　　哪个美人的脸孔或丽影
　　　　能不失色,一见到罗瑟琳?

试金石　这样凑韵的歌子和市场上卖奶油的大娘唱的一样,我除了吃喝睡觉的时间以外,随口可以唱他一个七八年。

罗瑟琳　去你的吧,傻瓜!
试金石　不信?你听听看:
　　　　公鹿没有母鹿和他亲,
　　　　那就让他去找罗瑟琳。
　　　　如果公猫动了情,
　　　　这不能怪罗瑟琳。
　　　　冬天衣服穿了冷,
　　　　怎能温暖罗瑟琳?
　　　　麦子装车不能轻,
　　　　车上加个罗瑟琳。
　　　　硬壳果子有不甜的心,
　　　　果子缺了罗瑟琳。
　　　　要有刺的玫瑰又多情,
　　　　只有去找罗瑟琳。
　　　　你那首东倒西歪的跑马诗是哪里得来的?
罗瑟琳　不要瞎说,你这傻瓜!我是从树上拿下来的。
试金石　那就是树上长出来的恶果了。
罗瑟琳　果子要是移植到你的树上,就会结出"枇杷",那就等于一个"屁吧"。你不就是一个屁吗?

试金石　这是你说的，说得好不好，要树林来评判。
　　　　（西莉娅拿一张纸上。）
罗瑟琳　不要多说。我妹妹念着什么来了。
西莉娅　为什么说这是一片荒土？
　　　　因为没有人住吗？不。
　　　　每棵树上都会长出舌头，
　　　　说的话都非常巧妙。
　　　　有的树说：人生短促。
　　　　东奔西走，有笑有哭。
　　　　从大拇指到小拇指，
　　　　概括了个人的生死。
　　　　有些人发誓又赌咒，
　　　　说是真心的好朋友。
　　　　但在美丽的树枝上，
　　　　在句子结尾的地方，
　　　　我要写下"罗瑟琳"来，
　　　　使读书识字的人才
　　　　都知道走遍了天下
　　　　难找到美人的精华。
　　　　于是上天命令大地

　　　　给一个美丽的身体

　　　　灌输不逊色的美德。

　　　　大地干得非常出色：

　　　　用希腊海伦的美貌

　　　　和埃及女王的高傲，

　　　　亚南子的争强好胜

　　　　和露西的谦虚精神

　　　　造出了一个罗瑟琳。

　　　　看得出上天的好心。

　　　　上天要她多才多艺，

　　　　我生死都是她的奴隶。

罗瑟琳　（走向台前。）啊！好一个天神！你不怕你啰啰唆唆谈情说爱的传道词听得叫人厌烦吗？叫你做做好事，不要让他们活受罪，好吗？

西莉娅　怎么啦？站开吧，朋友们，羊倌，你站开一点。——（对试金石）你也跟他走吧。

试金石　走吧，羊倌，让我们光荣撤退。虽然不是带着行李和钱袋，那就带上羊皮和羊奶吧。

　　　　（柯林和试金石下。）

西莉娅　你听见过这些诗么？

罗瑟琳	啊,听见过,全都听见过,还不止这些;有些诗句的音步甚至超过了韵律。
西莉娅	那不要紧,韵律是可以改变的,只要诗句容得下这些音步就行了。
罗瑟琳	唉,但是韵脚一跛,诗就走不动了,诗也成了一首歪诗。
西莉娅	但是你听了怎么不觉得奇怪:你的名字怎么会写到树上,挂上枝头了?
罗瑟琳	在你来以前的九天里,我就有七天在奇怪这是哪里来的诗了。瞧,这就是我在棕榈树上看到的一首。自从希腊人提出灵魂转世投胎的说法以来,我还没想到过我的名字会像转世投胎的老鼠一样,出现在爱尔兰人用韵的咒语中呢。
西莉娅	你想这是什么人写的?
罗瑟琳	是一个男人吗?
西莉娅	你还把你的项链挂在他的颈上呢!怎么脸红了?
罗瑟琳	那是谁呀?求你告诉我吧。
西莉娅	啊!天呀,天呀!都说有情无缘难相见。但

是地震时天翻地覆,连两座山也有碰头的时候呢。

罗瑟琳　别说这些,告诉我是谁吧。

西莉娅　这可能吗?

罗瑟琳　别啰唆了,我千祈万祷求你告诉我是什么人,好吗?

西莉娅　啊,简直令人难以相信,难以相信,太出乎意外,出乎意外,简直想象不到,想象不到!

罗瑟琳　瞧我这男人的外表!难道穿了男人的紧身衣和长筒裤就真正成了个男子汉吗?你再拖延一分一秒,每一寸光阴都是一片汪洋大海啊!我求你还是快快告诉我是谁吧!希望你不要结结巴巴像个细颈酒瓶倒不出酒来,一倒却又倾盆而出,赶快用螺丝钻头把酒瓶扭开,把你肚子里藏着的那个人吐出来吧,我好痛痛快快地喝一口呢。

西莉娅　这样说来,你肚子里还藏着一个人了。

罗瑟琳　他是个上帝造的人吗?那是个怎样的人呢?他的头佩戴荣光闪闪的帽子,嘴上有扬眉吐气的胡须吗?

西莉娅　没有,他只有淡淡的胡须影子。

罗瑟琳　那不要紧,上帝会使他的胡须越长越密的。谢天谢地!如果你不说出他下巴的模样,我就不许他下巴长胡子了。

西莉娅　他就是那个一脚踢倒了摔跤大王,一眼又赢得了你欢心的幸福人奥朗多!

罗瑟琳　不要开玩笑了。否则,魔鬼不会放过你的,老老实实说吧!

西莉娅　说实话,姐姐,是他。

罗瑟琳　奥朗多?

西莉娅　奥朗多。

罗瑟琳　哎呀,天哪!我穿这套男装紧身衣和长筒裤怎么办呢?他说了什么?看起来怎么样?他到哪里去了?在这里干什么?他问起了我吗?现在他在哪里?你和他怎样分别的?什么时候可以再见到他?用一句话告诉我吧!

西莉娅　那你非得给我把巨人大吃大喝的大嘴借来不可,因为这一句话实在是太长了,对于我们这个时代的人。只答是或不是等于在教堂里念经啊。

罗瑟琳　他知道我在林子里打扮成男人吗？他看起来是不是还像摔跤那天一样神气活现？

西莉娅　要回答一个情人提出来的问题简直比计算灰尘的数目还难。不过，你好好听我讲怎样找到他，并且尝尝那菩提树上掉下来的仙果吧！

罗瑟琳　那一定是情人树上的多情果了。

西莉娅　好好听吧，我的好小姐。

罗瑟琳　那就说吧。

西莉娅　他躺在地上，像一个受了伤的骑士。

罗瑟琳　这看起来令人动情，他倒是给大地增光了。

西莉娅　叫你的舌头不要伴奏吧，我求求你。你加糖加醋都要变味了。他穿的是猎人装。

罗瑟琳　啊，糟了，他来猎取我的心了。

西莉娅　我希望唱歌时没有人打搅，你却使我走调了。

罗瑟琳　难道你不晓得我是女扮男装的吗？我想到什么总是不吐不快。甜蜜的姑娘，说下去吧。

（奥朗多同雅克斯上。）

西莉娅　你弄得我忘记说了什么。别说了。他不是到这里来了吗？

罗瑟琳　正是他。我们到一边去，听他说些什么。

（二人站到舞台一边。）

雅克斯　（对奥朗多）谢谢你陪着我，其实，我还是喜欢一个人单独待着。

奥朗多　我也一样，不过，为了做做样子，大家也这样待在一起。我还是谢谢你给我做了伴。

雅克斯　老天在上，我们还是尽量少见面好。

奥朗多　最好我们并不认识。

雅克斯　请你不要再损坏树木，在树皮上写情诗了。

奥朗多　我也请你不要怪腔怪调把好诗念歪了。

雅克斯　罗瑟琳是你情人的名字吗？

奥朗多　正是。

雅克斯　我不喜欢她的名字。

奥朗多　她取名时，并没有打算讨你喜欢。

雅克斯　她有多高？

奥朗多　和我的心一样高。

雅克斯　你总能对答如流。是不是金店老板娘告诉你戒指上的秘密了？

奥朗多　不对，我是用画布上的话来回答你的，你的问题不也是从画布上抄下来的吗?

雅克斯　你还真能有问必答;我看你的嘴唇是风神脚后跟的皮肉吧。你坐下来和我谈谈,好不好? 我们可以痛骂世界旅店的老板娘,说说我们碰到的倒霉事。

奥朗多　我不想怪世界上任何活着的人,要怪只能怪自己,我知道的错误是自己的最多。

雅克斯　最大的错误就是恋爱。

奥朗多　这个错误即使你用你最大的美德来换,我也不干。你这个人真不讨人喜欢。

雅克斯　说实话,我本来要找一个傻瓜,却找到了你。

奥朗多　傻瓜掉到小河里淹死了。你只消去把小河当镜子照一照,就可以看到傻瓜的面孔了。

雅克斯　我可以去看看自己的面孔。

奥朗多　那不是个傻瓜,就是一个白痴。

雅克斯　我不再和你斗嘴皮子了。再见吧,好一个多情种子。

奥朗多　你走了我高兴。走吧,自找苦吃的先生。

(雅克斯下。)

罗瑟琳　(对西莉亚)我要装着一个调皮捣蛋的小淘

气，穿着这套男装，来说不客气的话。听见没有，过路人？

奥朗多　啊，有什么事吗？

罗瑟琳　请问几点钟了？

奥朗多　你该问什么时候了。森林里哪里有钟呢？

罗瑟琳　这就说明森林里没有多情人了。否则，每一分钟叹一口气，每个钟头呻吟一声，不是比时钟还能说出时间懒惰的脚步声吗？

奥朗多　为什么时间的脚步总是走得太快？难道没有正常的时候？

罗瑟琳　不对，老兄，时间对不同的人有不同的步伐。我可以告诉你对什么人时间走得慢腾腾的，谁的时间四平八稳，有人快马加鞭，有人的时间却静如死水。

奥朗多　请问谁的时间走得慢腾腾的？

罗瑟琳　天呀，一个订了婚的年轻姑娘在等待举行婚礼的时候，总觉得时间走得太慢，七天似乎比七年还长。

奥朗多　谁的时间过得四平八稳呢？

罗瑟琳　一个不懂拉丁文的牧师。一个没有风趣的有钱人。因为富翁一听到牧师讲道就打瞌睡，而牧师司空见惯，并不觉得奇怪，反而觉得快活；一个不学无用的知识，另一个不知道贫穷的重担，对于他们嘛，生活都是四平八稳的。

奥朗多　请问谁又过得匆匆忙忙呢？

罗瑟琳　要坐牢的小偷，虽然他偷东西的脚步轻得听不见，但他自己却提心吊胆，怕要坐牢。

奥朗多　谁不在乎时间静如死水呢？

罗瑟琳　不打官司的律师。因为他们在两场官司之间睡大觉，所以不觉得时间怎样过去了。

奥朗多　你住在什么地方，漂亮的小伙子？

罗瑟琳　和我牧羊的妹妹住一起，就住在裙子镶边一样的林子边上。

奥朗多　你是本地人吗？

罗瑟琳　就像你看到的兔子一样，在哪里生，就在哪里长。

奥朗多　你的声音却是这遥远的地方有钱也买不到的呀。

罗瑟琳　我听过多种语音，是一个信教的老伯教我说话的。他年轻的时候在内地，非常清楚宫廷生活，并且爱上了宫中人。我听过他读许多反对爱情的情书，谢天谢地，我不是个女人，没有被他那些轻佻的冒犯打动我的心。

奥朗多　你还记得他如数家珍般列举女人的主要罪状吗？

罗瑟琳　没有主次之分，就像两个便士一样。每个弥天大罪比起下一个来，又都显得微不足道了。

奥朗多　请你讲几个来听好吗？

罗瑟琳　不行，我不能乱开药方，不对症下药呀。我们这个林子里有一个年轻人常在年幼无知的树木上刻下"罗瑟琳"的名字，把情诗刻在树皮上，把恋歌挂在荆棘丛中，说真话，一切都把罗瑟琳这个名字神化了。如果我要碰到这个以幻想为生的年轻人，一定要给他一个忠告，叫他不要白日做相思梦了。

奥朗多　我就是那个爱情的俘虏，求你帮帮忙吧。

罗瑟琳　我的那个老伯告诉我情人的特征是什么，但是我在你身上都找不到。他告诉我怎样知道一个人是不是在恋爱，我却看不出你是那个爱情草笼中的俘虏。

奥朗多　爱情的俘虏看起来是怎样的？

罗瑟琳　面黄肌瘦，而你不是；眼睛无神，而你不是；不愿回答问题，而你不是；胡须不刮，而你的胡须少得像年轻人的收入。你的长筒裤应该是松松的，你的帽子应该没有花边，你的袖子应该没有扣好，你的鞋带应该松松散散，一切都该表现得心不在焉。但是你却不是这样，你的穿着显得无懈可击，似乎只爱自己，不爱别人。

奥朗多　漂亮的年轻人，我希望能使你相信我是在恋爱。

罗瑟琳　你要我相信，还不如要你爱的人相信呢。我敢担保，她内心的爱情比外表承认的更多。在这一点上，女人还是要掩饰几分的。不过，说实话，你就是那个把爱慕罗瑟琳的情诗挂在树枝上的人吗？

奥朗多　我对你发誓，年轻人，用罗瑟琳的玉手起誓，我就是他，就是那个可怜人。

罗瑟琳　你真的像你情诗中所说的那样爱她吗？

奥朗多　情诗也罢，谈话也罢，都说不出我多么爱她。

罗瑟琳　爱只不过是发疯，我告诉你，疯子应该关进黑牢，挨上一顿鞭子；为什么疯子没有坐牢挨打呢？因为爱情是人人都犯的毛病，鞭子手自己也在恋爱哩。不过我看，爱情还是有药可医的。

奥朗多　你医好过得爱情病的人吗？

罗瑟琳　医好过一次，就是用这个方法：要他把我当作他的情人，每天都来向我求爱。那时我只是一个三心二意的年轻人，有时伤心得像一个少女，变化无常，见一样喜欢一样，自高自大，异想天开，猴子学人，浅薄无常，又哭又笑，什么感情都有一点，真正的热情却一点也没有，有时候发脾气，又爱又恨，有说有笑，赌咒发誓，哭鼻子，吐唾沫，把狂热的爱情变成疯狂的痴情。让他离开了大江大河，躲进了小院一角。就这样治好了他的心病，也可以说像洗羊一样洗干净了他的心，使他心里不剩下一点感情。

奥朗多　我可不愿这样治病，小伙子。

罗瑟琳　但我可治好你的病,只要你叫我罗瑟琳,每天到我住的茅草屋子里来向我求婚。
奥朗多　为了表示我的真心诚意,我愿意来。告诉我你住在什么地方。
罗瑟琳　你同我去,我会指给你看。同时,你也可以告诉我你住在林子里的地方。你愿意吗?
奥朗多　那还用得着问吗,好个小伙子!
罗瑟琳　不对,你该叫我罗瑟琳。——喂,妹妹,一同走吧。

(众下。)

第 三 幕

第三场
亚登森林牧场附近

（试金石同奥德蕾上，雅克斯随后上。）

试金石　快来，我的好伴奥德蕾。我会给你把羊赶来的，奥德蕾。你看我今天怎么样，奥德蕾？我这随随便便的样子不讨人厌吗？

奥德蕾　什么样子？老天保佑。什么样子？

试金石　我和你，还有你的羊群，同在一起，就像好色的诗人奥维德在有眼无珠的文盲中间一样。

雅克斯　（旁白）知识用错了地方，就像天神掉下了茅坑。

试金石　诗句没有人理解，人才不受重视，我看对人的打击比小材大用的害处还大得多呢。的确，我希望天神能使你有点诗意才好。

奥德蕾　我没有诗意，只知道说话做事都要实实在在。这有什么不对吗？

试金石　不，说老实话，真正的诗都是装模作样的。诗中的情人赌咒发誓都是虚情假意。

奥德蕾　那么，你希望天神把我们造成有诗意的人吗？

试金石　是的，因为你对我发誓，说你是忠实的。如果你是一个诗人，我就可以希望你说的是假话。

奥德蕾　难道你不希望我忠实吗？

试金石　不，说老实话，除非你长得难看，那才需要忠实。因为忠实加上漂亮，那不是蜜里加糖了吗？

雅克斯　（旁白）好一个好歹不分的大傻瓜！

奥德蕾　我不好看，求求天神，让我做个老实人吧！

试金石　的确，要求卖笑女老实，那就等于把好肉混在烂菜堆里。

奥德蕾　我也不是坏女人，虽然谢天谢地，我长得并不好看。

试金石　那么，感谢上天使你长得不好看吧，不过你慢慢也会变得不老实的。不管怎么样，我还是愿意和你结婚，并且为了这个目的，还去请了邻村的奥利维·马特牧师到森林中来为我们证婚呢。

雅克斯　我也高兴能亲眼看看这个盛会。

奥德蕾　那好，天神让我们快活快活吧！

试金石　阿门。一个胆小鬼会胆战心虚，因为森林里没有教堂，没有贵宾，只有羊倌，这有什么关系？放心大胆吧！长角或戴绿帽子虽然讨厌，但这是不得已，是新娘带来的嫁妆，不是新郎这个流氓主动要求得来的。多少人长了角没个完，上流下流都一样。单身就有福了吗？不，城里总比乡下好，做新郎总比打单身强，戴绿帽子也总比光头好一点吧。

（乡村牧师奥利维·马特上。）

奥利维牧师来了。马特牧师，非常欢迎。你看就在这棵树下给我们证婚方便，还是要我们随你去教堂呢？

马　特　女方有没有人亲手把新娘送交给新郎？

试金石　我可不要人家把新娘当作礼物送给我呀。

马　特　新娘没有人送，那结婚就不合法了。

雅克斯　（走上前。）结婚吧，结婚吧，我来把新娘送给新郎。

试金石　晚上好，老兄，我还不知道尊姓大名呢！这有什么关系？来得早不如来得巧，老天会报答你的好心，虽然是小事一场。不，你还是戴上主婚人的礼帽吧。

雅克斯　你愿意结婚吗，傻瓜？

试金石　牛有木轭，老兄，马有缰绳，鹰有铃铛，人怎么能没有情欲呢？鸽子也要亲嘴，结婚当然要合欢呀。

雅克斯　像你这样有教养的人，怎能像个乞丐一样在荆棘丛中结婚呢？到教堂去，找个好牧师告诉你婚姻的意义。这个乡巴佬只能把你们像两块木板一样钉在一起，一沾水就要收缩了。怎能不沾水呢？那你就缩进去，缩进去吧！

试金石　我也不想真心结婚，不过找他证婚比找别人好。因为他证婚不合规矩，我就有理由离开新娘了。
雅克斯　跟我走吧,我来给你指路。
试金石　来吧,奥德蕾,我的林中仙,
我们不结婚,那就要通奸。
好一个乡巴佬牧师,再见!我不像大家一样唱:

啊,好一个奥利维,
啊,大胆的奥利维,
不要丢下我说再会!

我要唱:

随风飘,
赶快走!
我们不要你证婚了!

(雅克斯、试金石同奥德蕾下。)

马　特　这不要紧。不过,不能让这些捣乱鬼胡作非为,败坏了乡下的教规。(下。)

第 三 幕

第四场

亚登森林牧场附近

（罗瑟琳同西莉娅上。）

罗瑟琳　不要讲了,我真想哭。

西莉娅　那就哭吧。怎么说呢？你得想想流眼泪是不是适合一个男子汉呀。

罗瑟琳　难道我哭还没有理由吗？

西莉娅　想做什么事总是有理由的,那你就哭吧。

罗瑟琳　他头发的颜色就与众不同。

西莉娅　和出卖耶稣的犹大一样血红。哎呀,他的吻也是叛徒的假亲热。

罗瑟琳　不过话又要说回来,他的头发倒还好看。

西莉娅　只要你喜欢什么颜色,这种颜色就好极了。

罗瑟琳	他的亲吻也是圣洁的，就像吻圣餐面包一样。
西莉娅	他买下了月神贞洁的嘴唇。一个冰天雪地修行的尼姑亲吻的时候，也没有他那样冷冰冰的清静虔诚。
罗瑟琳	那为什么他发了誓说今天早上要来，偏偏又没有来呢？
西莉娅	不对，的确，这个人靠不住。
罗瑟琳	你真的这样想吗？
西莉娅	当然，我看他不是一个扒手，也不是个偷马贼，但他像个盖着的空杯子，或者一个给虫蛀空了的硬果壳。
罗瑟琳	他谈情说爱不认真吗？
西莉娅	他口里认真，我看他心里靠不住。
罗瑟琳	你没听见他赌咒发誓说他是认真的吗？
西莉娅	过去认真并不等于现在也认真。再说，情人发的誓就像酒店伙计报的账一样靠不住。他们都会弄虚作假。他现在正在林子里侍候你的父亲公爵大人呢。
罗瑟琳	我昨天见到公爵，和他谈了好多问题：他问到我的家世，我说和他一样，他就笑了起

来，把我打发走了。我们为什么要谈父亲，把奥朗多这样难得的人抛在一边呢？

西莉娅　啊，这是个了不起的人！他写得一手好诗，说得一口好话，还会赌咒发誓，说了又不算数，伤透了、扭曲了他情人的心，就像一个小骑手，马刺只踢半边，像个笨蛋把马鞭都抽断了。不过，年轻人骑马胡搞乱来也是好样的。谁叫他年轻呢！看，谁来了？

（柯林上。）

柯　林　诸位不是打听那个神魂颠倒的小伙子，就是那天你们看到和我一起坐在土堆上的羊倌，和我大谈把他搞得两眼朝天的牧羊女，就是那个年轻人。

西莉娅　他怎么了？

柯　林　如果你们要看一场好戏，一个自作多情的小伙子苍白的脸孔，一个洋洋得意的牧羊女满脸的红光。如果你们要看这场演出，那就跟我来吧。

罗瑟琳　去吧，我们去吧！

不管他们是笑是哭，

我们都可饱饱眼福。
如果他们天长地久,
我们也可来上一手。
(众下。)

第 三 幕

第五场

亚登森林另一部分

(西尔维同菲碧上。)

西尔维 可爱的菲碧,不要瞧不起人,菲碧,不要说你不爱我,至少不要说得叫人难受。一个普普通通靠杀人过日子的刽子手在把斧头砍下去之前,也会向引颈受刑的人说句套话,难道你的心比一个靠别人流血过日子的人还狠吗?

(罗瑟琳、西莉娅及柯林上。)

菲 碧 我不忍心伤害你,所以我尽量躲开你。你说我眼睛里藏着凶手,这很可能,也许是理所当然的。眼睛本来软弱可欺,见了一点灰

　　　　尘都会胆战心惊，闭上眼帘。居然有人说它凶狠毒辣，杀人也不眨一眨。现在，我要尽量狠下心来，让我的眼睛使人伤心，走上绝路。那么，你假装昏倒在地吧。如果你不昏倒，啊，难道你不脸红，不觉得难为情吗？不要自欺欺人；说我的眼睛会杀人，那伤在哪里？用针刺一下也会留下痕迹，抓一根灯芯草手掌都会起皱，我的眼睛刺伤了你什么地方呢？我敢肯定，眼睛不会伤人，也没有伤人的力量。

西尔维　啊，亲爱的菲碧，假如——这假如就近在眼前——这一见钟情的脸上发现了爱情的力量，你就会知道：爱神的利箭伤人是不留痕迹的。

菲　碧　在那天来到之前，不要接近我！等到那天来了，你再讥笑我吧！不要你可怜我，在那天来到之前，我也不会可怜你的。

罗瑟琳　（上前。）怎么啦？请问：怎么样的母亲才会生出你这样骄傲欺人的女儿？虽然你并不漂亮，说老实话，你上床之前最好吹灭蜡烛，免得献丑。——怎么居然这样傲慢无情?你这是什么意思?为什么这样瞪着眼睛看我?我看你不过是店里卖不出去的剩货。老天保佑我这条小命!我看她还想勾引我的眼睛呢。去你的吧,说老实话,自高自大的傻丫头,不要枉费心机了!你的黑眉毛、乱头发、羊奶直流的脸孔,怎能打动我的心,要我拜倒在你脚下呢!——

(对西尔维)傻羊倌,你干吗跟着她像南风吹雾下雨一样唉声叹气流眼泪呢?你比她强一千倍,就是你这种傻瓜使得世界好坏不分了。要知道:她在镜子里并没有在你眼中好看。就是从你眼里她才美化了自己。

(对菲碧)跪下来,傻丫头,你要谢天谢地,有这个男子汉喜欢你啊。我要对着你的耳朵说一句悄悄话:能卖出去赶快就卖,不要错过了市场,等你变得又粗又黑,谁还会要你呢?如果自己丑还嫌别人丑,那更是丑上加丑了。

(对西尔维)羊倌,带她走吧。再见!

菲　碧　好一个可爱的小伙子！请你说下去。说个一年我也愿听，你就是骂我，也比他说爱我好听啊。

罗瑟琳　（对菲碧）他爱上了你这个丑八怪，（对西尔维）而她却爱上了我的坏脾气。既然如此，那不等她用愁眉苦脸来对付你，我就先用尖酸刻薄的甜品来喂她一个饱吧。

菲　碧　我不会怪你的。

罗瑟琳　请你千万不要错爱上了我，因为我比酒后说的醉话还更虚伪。再说，我并不喜欢你。如果你要知道我住在什么地方，那就去找附近的那些橄榄树好了。——你走不走，妹妹？——羊倌，你要抓紧一点。——走吧，妹妹。——放羊的姑娘，你要对他好一点，不要自高自大。虽然全世界都看得出：他把你看得太高了。——来吧，我们要看羊去了。

（罗瑟琳、西莉娅及柯林下。）

菲　碧　老羊倌在天之灵啊，我现在才发现你说的话多么有理，哪一个坠入爱河的人不是一见钟情的呢？

西尔维　甜蜜的人儿菲碧——

菲　碧　哈，你说什么来着，西尔维？

西尔维　甜蜜的人儿菲碧，可怜可怜我吧！

菲　碧　怎么了？我觉得对不起你，西尔维。

西尔维　"对不起"之后，接着来的应该是"对得起"，如果你对我失恋的痛苦感到同情，那你只要给我爱情，就可以解除我的痛苦，也就可以对得起我了。

菲　碧　我已经把爱情给了你。同情不就是爱情的邻居么？

西尔维　我要的是得到你。

菲　碧　怎么？那就是贪得无厌了。西尔维，过去我不喜欢你，但是不喜欢不一定排斥爱情，既然你会谈情说爱，我就觉得有你做伴并不讨厌。我不但可以忍受你，甚至还可以用你呢。不过，用你本身就是你的乐趣，不能妄图非分的报答了。

西尔维　这样一来，我圣洁的爱情就完美无缺了。我原来缺少恩爱，现在却觉得稻麦丰收的主人剩下的残谷遗穗对我都是丰收。只要你对我回头一笑，就够我终身受用了。

菲　碧　你认识刚才那个和我谈话的年轻人吗？

西尔维　不太认识，不过时常碰到，他不久以前买下了牧场老板的房屋和土地呢。

菲　碧　不要因为我打听他，就以为我爱上他了。他只是个阴阳怪气的小伙子，但是很会说话。我并不在乎他说些什么，但听起来很开心。这个小伙子很不错，不算很漂亮，一定很骄傲，但骄傲也得有本钱。他会是个不错的男子汉。他最得意的是他那张脸，舌头刚得罪了人，看一眼就消除误解了。他不算高，在他这个年龄也算不低。他的腿不过如此，但也算过得去。他的嘴唇红得好看，比脸颊更迷人，使人浮想联翩，这就要浓淡深浅恰到好处。有的女人，西尔维，见到他一表人才，很容易一见倾心。但是对我来说，我既不爱他，也不恨他，不过更有理由恨他，而不是爱他。他为什么要骂我呢？他说我的眼睛眉毛都太浓太黑，现在，我记起来了，他还瞧不起我呢。我奇怪当时怎么没有回嘴，不过，忘记并不是不计较。我要写封毫不客气的信给他，你给我把信送去，好不好，西尔维？

西尔维 菲碧，我会全心全意为你效劳。

菲　碧 我马上就写信。这事纠缠在我心头，我要狠狠说他一通。跟我来吧，西尔维！

（同下。）

第 四 幕

第一场

亚登森林牧场附近

（罗瑟琳、西莉娅及雅克斯上。）

雅克斯　漂亮的年轻人，让我们彼此更熟悉一点，好吗？

罗瑟琳　听说你是一个多愁善感的人。

雅克斯　的确，我觉得多愁善感比放声大笑更好。

罗瑟琳　喜和忧走极端都不讨人喜欢，有见识的人认为走极端比酗酒闹事还更糟。

雅克斯　怎么，担心而不说出口，有什么不好？

罗瑟琳　那么，不会开口的木头岂不更好？

雅克斯　我不像学者那样担心不能成名成家，不像艺术家那样唯恐不能争奇弄巧，不像军人有雄

　　　　心壮志；法学家要玩弄权术，美人要争风斗艳，情人却什么都要。我的忧郁是各种简单感情的复杂组合，是我行万里路得到的思考，我的沉思默想使我有了先天下之忧的忧思。

罗瑟琳　行万里路？你有理由担忧发愁了。我看你是卖了自己的土地去欣赏外地的风景，你看到的多，得到的少，你这叫作眼高手低。

雅克斯　但我得到了经验。

（奥朗多上。）

罗瑟琳　你的经验使你多愁善感，我却宁愿要个傻瓜使我快乐，不愿要使人忧愁的经验，那还要行万里路去找呢。

奥朗多　你好，祝你快乐，亲爱的罗瑟琳！

雅克斯　唉，如果你又要写诗谈情，那就再见吧！

（下。）

罗瑟琳　再见，走万里路的行人，你穿着奇装异服，看起来有外国风味，你贬低了本国的优越地位，丧失了乡土感情，几乎要怪上帝不该让你长成这副模样了。否则，很难想象你是在威尼斯河上划过游艇的呢。——你怎么啦,奥朗多,这么久到哪里去了?你这还像情人吗?要是再耍这套把戏,就别来找我了。

奥朗多　漂亮的罗瑟琳,我是在约好的一个钟头之内来的呀。

罗瑟琳　情人的约会你却耽误了一个钟头,即使你只迟到千分之一秒钟,人家也会说:爱神的箭没有射中你的心。我更要说:你是心不在焉的了。

奥朗多　原谅我吧,亲爱的罗瑟琳。

罗瑟琳　不行。如果你再迟到,就不要让我再看见你,我不要蜗牛来向我求爱。

奥朗多　什么,蜗牛?

罗瑟琳　是的,蜗牛虽然爬得慢,但还背着它的壳一起行动,壳就是它的家。它和壳的联系,我看,比你和女人的联系还更密切呢!再说,它是背着命运一同行动的。

奥朗多　这怎么讲?

罗瑟琳　蜗牛不是长了两只角吗?你们男人不是害怕

妻子给你们长角或戴绿帽子吗？它自己已经有了两只角，就不怕人说：角是妻子给它戴的绿帽子了。

奥朗多　好女人是不会让丈夫长角的，而我的罗瑟琳是一个窈窕淑女。

罗瑟琳　我不是你的罗瑟琳吗？

西莉娅　他只喜欢这样叫你，其实，他心里有一个更好看的罗瑟琳呢！

罗瑟琳　来吧，向我求婚，向我求婚吧！因为我现在有节日的心情，很可能会接受任何要求的。假如我就是你真正的罗瑟琳，你会对我说什么呢？

奥朗多　我在说话之前，先要亲吻。

罗瑟琳　不对，你最好先说话，等到无话可说时，再用亲吻来填空吧。能言善辩的演说家在不知所云的时候，会干咳一声遮掩过去。等到情人——老天保佑！——找不到甜言蜜语的时候，最干脆利落的办法就是亲吻。

奥朗多　如果对方拒绝亲吻呢？

罗瑟琳　那她就是要你再三恳求，这就是另外一回事了。

奥朗多　在心爱的情人面前，谁还会哑口无言呢？

罗瑟琳　哎哟，假如我是你的情人，我就会使你无言对答的。否则，我怕你会觉得我是有德无才的人。

奥朗多　怎么，要我不再追求你了？

罗瑟琳　不是在外表上，而是在内心里。我不是你的罗瑟琳吗？

奥朗多　我高兴说你是，因为我喜欢和你谈她。

罗瑟琳　那好，我代表她说：我不爱你。

奥朗多　那么，我只好自己说：我要死了。

罗瑟琳　不，找一个替身吧。这个可怜的世界活了六千年，还没有一个人是真正为情而死的。特洛亚给希腊人打死了，但他死前已经得到过希腊美人的爱情。兰多在希洛出家为尼之前，如果不是在海水中抽筋淹死，本来可以多活好几年的，但是历史学家却说希洛是为兰多之死而殉情为尼的。这些都是假话，年年都有死人喂蛆，但没有一个人是殉情而死的。

奥朗多　我不希望我真正的罗瑟琳也有这种想法。因为我敢说,只要她一皱眉,就会要了我的命啰。

罗瑟琳　我用这只手起誓:它不会杀死一只苍蝇。不过,得了,我现在心情很好,要做一个有求必应的罗瑟琳。赶快提出要求来吧,我都会答应的。

奥朗多　那你就爱我吧,罗瑟琳!

罗瑟琳　好的,说真心话,不管是斋戒的周末或是周日,我都会爱你的。

奥朗多　你愿意嫁给我吗?

罗瑟琳　愿意,二十个都不嫌多。

奥朗多　你说什么?

罗瑟琳　你不是个好人吗?

奥朗多　我希望是。

罗瑟琳　那么,好人好事还会嫌多,不是多多益善吗?来吧,妹妹,你来做牧师给我们证婚。把手给我,奥朗多!你会证婚吗,妹妹?

奥朗多　请给我们证婚吧。

西莉娅　我不会说证婚词。

罗瑟琳　那你就先说：奥朗多，你愿意——

西莉娅　得了。奥朗多，你愿意娶这个罗瑟琳为妻吗？

奥朗多　愿意。

罗瑟琳　好，什么时候呢？

奥朗多　怎么？就现在吧，只要她能证婚，越快越好！

罗瑟琳　那你就该说：罗瑟琳，我要娶你为妻。

奥朗多　罗瑟琳，我要娶你为妻。

罗瑟琳　我本来应该问你凭了什么，但是我接受你做丈夫了，奥朗多。女人说话比较爽快，当然，女人思想也比行动更快。

奥朗多　所有的思想都一样，都是长了翅膀的。

罗瑟琳　现在告诉我：你结婚后会和她好多久？

奥朗多　比天长地久还要长一天。

罗瑟琳　说"一天"，不要说"永久"。不，不，奥朗多。男人婚前是四月，婚后就是十二月了。女人在婚前是五月，一结了婚，天就变了。我会像非洲鸽子一样妒忌多疑，像鹦鹉一样胡说八道，像猴子一样喜新厌旧，像人猿一样眼花缭乱。我会无缘无故像玉泉月神一样流泪，而当你昏昏欲睡的时候，我却会兴高采烈,放声大笑。

奥朗多　我的罗瑟琳会这样吗?

罗瑟琳　我用生命保证,她会和我一样啼笑。

奥朗多　但是她很聪明。

罗瑟琳　如果她不聪明,能够做出这些事来吗?越是聪明,做事就越不同寻常。如果你想关起门来,不让女人表现她的聪明,她的智慧却会从窗口飞出去;如果你关上窗户,智慧会从钥匙孔里钻出来。你再塞上钥匙孔,它又会从烟囱中随烟起舞了。

奥朗多　一个男人有这样聪明智慧的妻子,可以问"智慧":"你要'直飞'到哪里去耍聪明呀?"

罗瑟琳　不,你不能这样问,除非你发现你智慧的妻子飞上了邻居的床。

奥朗多　那智慧的妻子有什么聪明的借口呢?

罗瑟琳　那还不容易吗?就说到邻人妻子的床上找你去了。有智慧的妻子永远不会没有聪明的回答,除非她没有了舌头。一个女人如果不能把她自己的错误说成是丈夫的错误,她就永远不该牛儿育女,因为吃她的奶长大的孩子一定是个傻瓜。

奥朗多　罗瑟琳,我要离开你两个小时了。

罗瑟琳　哎呀!亲爱的,我可不能两个小时不见到你呀。

奥朗多　我要到老公爵那里去陪他用膳。到两点钟,我就回来陪你的。

罗瑟琳　唉,去你的吧,去你的吧!我早就知道你们这一套了。我的朋友告诉过我不少,我知道的也一样多,你的伶牙俐齿骗了我,又多了一个上当的女人。真该死!你说两点钟是你回来的时间?

奥朗多　是的,亲爱的罗瑟琳。

罗瑟琳　天呀,说老实话,老天帮帮忙吧。我要发个好听而不危险的誓言:如果你失了一点点信用,或者是晚回来一分钟,那我就会认为你是最无情义、最不守信、说话不算数的人,根本配不上你叫她作罗瑟琳的人。你空口说白话,是坏蛋中的坏蛋。记住我的警告:千万不要失信!

奥朗多　我会像信教一样相信你的话,把你当作我真正的罗瑟琳。那再见了。

罗瑟琳　那好。时间是检验一切犯人的老法官,让时间来检验吧。

（奥朗多下。）

西莉娅　你一谈情说爱,就把女人的面子丢光了。我们真该脱了你的紧身衣和长筒裤,盖到你头上去,让大家看看一只鸟是怎样拆烂了鸟窝的。

罗瑟琳　啊,妹妹,妹妹,妹妹,我漂亮的小妹妹,你不知道我在爱情的深渊里陷得多深了。这个深渊简直是无底的。我的感情也深不可测,就像葡萄牙海湾一样。

西莉娅　或者说像无底深渊吧。你的感情刚投进去,一下就无影无踪了。

罗瑟琳　美神维纳斯调皮捣蛋的私生子,是想入非非才出生,一时冲动就怀了孕,如疯似狂才生下来的爱神丘比特,这个调皮捣乱的瞎眼小男孩因为自己没有眼睛,就要别人也看不清——你让他来判断我的爱情有多深吧。我

　　　　告诉你，亚林拉，我眼前不能没有奥朗多。
　　　　我要去树荫深处等他回来。
西莉娅　我可要去睡了。
　　　　（二人下。）

第 四 幕

第二场

亚登森林老公爵住所前

（雅克斯及众侍臣着林中人装上。）

雅克斯　谁是打死了鹿的人？

侍臣一　老兄，是我。

雅克斯　让他像英雄一样去见老公爵吧。让他把鹿角当作胜利品戴在头上。林中人，我们来唱歌庆祝，好不好？

侍臣二　好的，老兄。

雅克斯　唱吧，不管什么调子，只要歌声嘹亮就行。

（音乐声起。）

众　唱　打死鹿的人得到了什么东西？

　　　　他戴上了鹿角，身上披了鹿皮。

大家唱歌送他进屋，
同时背着这条死鹿。
看见长角的人不要起哄，
在你生前它就立了大功。
你父亲的父亲就长过角，
而你父亲并不嫌角太小，
长角，长角，戴绿帽子，
既不可笑，也不可耻。
（众下。）

第 四 幕

第三场

亚登森林牧场附近

（罗瑟琳同西莉娅上。）

罗瑟琳　现在你怎么说？两点钟都过了。奥朗多来了吗？

西莉娅　我敢保证：纯洁的爱情使他头脑发昏，他带着弓箭睡觉去了。

（西尔维带信上。）

西尔维　（对罗瑟琳）我的任务是来见你，漂亮的年轻人。我温柔多情的菲碧要我把这封信交给你，但是我不知道信里说了什么。——从她写信时皱眉怒目的神气看来，信里恐怕会说一些怒气冲冲的话。——不过这和我没有关系，我只是一个无辜的送信人。

罗瑟琳 （读信后。）再有耐心的人读了这封信也会气得跳起来的。忍得下这口气，还有什么不可以忍受的呢？她说我不漂亮，没有风度，说我骄傲，一点也不可爱，即使世界上的男人像凤凰一样难得，她也不稀罕我。我的天呀！她的爱情并不是我要猎取的兔子，为什么要写这样的信给我？那好，牧羊人，那好，这封信怕是你捏造的吧？

西尔维 不，我发誓，我一点也不知道信的内容，都是菲碧自己动手写的。

罗瑟琳 看，你这个傻瓜，爱情使你颠倒是非，已经到了极点。我看见过她的手，像牛皮一样粗，颜色像黄沙石。我还以为她戴了手套呢，但那却是她的双手。她的手是干粗活的，不过这不要紧，重要的是她不会写这封信，信是男人写的，是男人的笔迹。

西尔维 不，我敢肯定这是她手写的信。

罗瑟琳 怎么会？这样强横霸道、恶狠狠的信，强词夺理的口气。瞧，她向我挑战了，就像土耳

　　　　其人对基督徒一样。女人温存体贴的心哪里想得出这样粗暴无情的大话来？这些黑人用的黑字，比他们的皮肤还更黑。你要知道她信里说了些什么吗？

西尔维　请念吧，我还不知道她写了些什么呢，虽然她说过的残酷无情的话，我可听得多了。

罗瑟琳　她对我好狠啊，你听听她是多么霸道：（读信。）

　　　　"难道你是天上的牧羊神，
　　　　　用烈火来燃烧少女的心？"

　　　　一个女人会这样骂人吗？

西尔维　你认为这是骂人？

罗瑟琳　（读信。）

　　　　"你为什么离开你的天庭，
　　　　　来戏弄一个少女的痴情？"

　　　　你听到过这样骂人的话吗？

　　　　"别人用眼睛来向我求爱，
　　　　　不会对我带来什么伤害。"

难道我不是人,是畜生吗?

"你明亮的眼睛瞧我不起,
引起的爱情却力量无比。
唉,如果你对我更加温和,
谁说得出那神奇的效果?
虽然你骂我,我还是爱你;
如果不骂,我会感激不已。
替我带这封信给你的人
并不知道我对你的心情;
请他带来你封好的回信,
说明你青春年华的心灵
是否接受我真心的请求,
这是我未来行动的根由;
如你回信拒绝我的爱情,
那就会要了我这条小命。"

西尔维　"要命"是骂人的话吗?

西莉娅　唉,可怜的牧羊人!

罗瑟琳　你可怜他吗?不,他不值得同情。你会爱他所爱的这个女人吗?怎么?她把你当工具,还对你说假话，简直不能忍受！好，你去找她吧。我看爱情已经使你成为一条驯服的爬虫了。你去对她说吧：如果她真爱我，我就要她爱你。如果她不爱你，我就永远不会爱她。除非你来为她求情。如果你是一个真正的情人，那就快走吧！不要浪费口舌，因为又有人来了。

（西尔维下。）

（奥利维上。）

奥利维　早上好，漂亮的年轻人，请问你们知道在这片森林怀抱中，有没有一个橄榄树围绕的牧场？

西莉娅　你往西走到底，再顺着一条潺潺流水岸边的一排柳树往前走，右手就是牧场的房屋。不过你现在这个时间去，屋里已经没有人了。

奥利维　眼睛有舌头帮忙，看到你们的衣装和年龄，就可以猜想得到：人家讲的那个青年男子有女人味，像个大姐；那个青年女子个儿小，肤色深，不就是指你们两个吗？你们不就是我要打听的牧场主人吗？

西莉娅　　既然你问对了人,我们不妨告诉你:就是我们两个。

奥利维　　奥朗多要我来找你们两个,他要我把这块血迹斑斑的手帕交给那个他叫作罗瑟琳的年轻人,就是你吧?

罗瑟琳　　正是。你这是什么意思?

奥利维　　说起来难为情,如果你们知道了我是什么人,这块手帕是在什么时间、什么地方、为什么才这样血迹斑斑的,那我就要面红耳赤,不好意思了。

西莉娅　　请告诉我们吧。

奥利维　　年轻的奥朗多离开你们的时候,他答应你们一个小时后就回来,并且漫步走进树林,心里咀嚼着甜蜜的回忆和忍心的离别。瞧!他的眼睛往旁边一看,他看见什么了?在一棵长满了苔藓的秃顶老橡树下,仰面躺着一个张开大嘴、衣衫破旧、头发胡须乱糟糟的男子。一条色彩斑斓的绿蛇正朝着他张开的大口前进,一看见奥朗多,它就向后退缩,溜进草丛中去了。一头乳房干瘪的母狮子像猫似的注视着这个男子的动静，因为狮子是不吃死人的。奥朗多一见情况紧急，赶快走上前去，一看男子不是别人，却是他的兄长，他嫡亲的大哥。

西莉娅　我听他谈过这个哥哥，他对弟弟做过不近人情的事。

奥利维　他的确可以这样说，因为他哥哥实在没有骨肉之情。

罗瑟琳　还是讲奥朗多吧，他有没有让哥哥喂饥饿的母狮？

奥利维　他两次转身要走，但是高尚的人性战胜了报复的心理，天性使他放弃了伸张正义的机会，他和母狮搏斗，饥饿的狮子很快倒下了，而我也从昏睡中醒了过来。

西莉娅　你是他的哥哥吗？

罗瑟琳　他搭救的人就是你吗？

西莉娅　就是你多次要陷害他吗？

奥利维　那是过去的我，不是现在的我。我告诉你们过去的事，并不面红，因为我改过自新，尝到了甜头，这就造成现在的我了。

罗瑟琳　不过，那块血淋淋的手帕呢？

奥利维　我们两个从头到尾谈我们来到这荒野的地方所碰到的事情，同时让不断流下的泪水浸湿了我们的脸孔。简单说吧，他把我带去见了仁慈宽厚的老公爵，公爵给了我新衣和饮食，并且要弟弟照料我。他立刻把我带到他住的洞室，脱下他的衣服，发现胳膊给狮子抓破了，还在流血。他一见血就晕倒了，晕倒时还叫着罗瑟琳的名字。简单说来，我把他唤醒，给他包扎伤口，过了一会儿，他的心才恢复了知觉，立刻要我到这个陌生的地方来，讲清楚这事的经过，请你们原谅他又失约了。并且要我把这块鲜血染红了的手帕交给年轻的牧羊人，就是他戏称为罗瑟琳的那一位。

（罗瑟琳晕倒。）

西莉娅　怎么了，嘉利美？我的好嘉利美！

奥利维　很多人看到流血就会晕过去。

西莉娅　还不止这样呢，嘉利美老兄。

奥利维　瞧，他恢复了。

罗瑟琳　我要是在家里才好。

西莉娅　我们会送你回去的。——请夹住他的胳膊。

（他们扶起罗瑟琳。）

奥利维　拿出勇气来，年轻人！你是个男子汉，却没有男人气。

罗瑟琳　的确，我认输了。啊，老兄，我身体打扮得还可以。请你告诉你弟弟，我装得多像，嗨嗨！

奥利维　这可不是假装的，你的脸色可以证明这是真情。

罗瑟琳　是假装的，我说实话。

奥利维　那好，你就鼓起劲来装到底吧。

罗瑟琳　我会的，但说实话，我实在是个女人。

西莉娅　你脸色越来越苍白了。好老兄，送我们回去吧。

奥利维　那当然，我还得把回信带去，说你是不是原谅了我弟弟呢，罗瑟琳。

罗瑟琳　我会想法子的。但我还是请你把我假装的样子告诉他吧。我们走了，好吗？

（众下。）

第 五 幕

第一场

亚登森林

（宫廷弄臣试金石同奥德蕾上。）

试金石　我们总会找到一个合适时间的,奥德蕾,要有耐性,我的好奥德蕾。

奥德蕾　其实,这个牧师不坏呀,虽然那位先生说三道四来着。

试金石　还有比奥利维牧师更坏的吗,奥德蕾?还有比马特更坏的吗?林子里有个追求你的年轻人还正想找他证婚呢。

奥德蕾　对,我知道你说的是哪一个。不过他和我并没有什么关系。瞧,你说到他,他就来了。

（威廉上。）

试金石　开玩笑对我简直和吃喝一样重要，说老实话，我们这样有点小聪明的人，随便人家说什么，总是能够对答如流的。叫我怎能不开玩笑呢？我们也是身不由己呀。

威　廉　晚上好，奥德蕾。

奥德蕾　老天保佑你晚上好，威廉。

威　廉　希望你晚上好，先生。

试金石　晚上好，好朋友。戴上帽子，戴上帽子。不，请你戴上帽子。你多大年纪了，朋友？

威　廉　二十五岁，先生。

试金石　正是当年，你的名字是威廉吗？

威　廉　正是威廉，先生。

试金石　名字取得不错。你是在林子里长大的吧？

威　廉　是的，先生，谢天谢地。

试金石　"谢天谢地"，回答得好。你有钱吗？

威　廉　说老实话，先生，还过得去。

试金石　还过得去，那就不错，那就好了，那就很好，再好也没有了。不过，还只是过得去而已。你聪明吗？

威　廉　是，先生，有一点小聪明。

试金石　那好，说得不错。现在，我想起一句话来了：傻瓜以为自己聪明，聪明人却知道自己傻。异教哲学家想吃葡萄，就张开口吃进嘴里，说什么葡萄熟了就该吃掉，嘴长出来就该吃东西。你爱这个姑娘吗？

威　廉　是的，先生。

试金石　伸手过来。你有学问吗？

威　廉　没有，先生。

试金石　那我告诉你：有就是有，这是一种修辞学的说法。喝就是从一个杯子倒入另一个杯子。你们的作家说：古人不是今人，你不是古人，我却是今人。

威　廉　哪一个今人呀，先生？

试金石　唉，老兄，那个人就要和这个姑娘结婚了。所以，你这个傻瓜，放弃她吧，用今天交际场上的话来说，就是离开她们那个圈子；用今天的俗话来说，就是不要再打这个女人的主意，否则，傻瓜，你就只有死路一条，或者用白话来说，你就只有死了，或者不如说，我就会要你的命，把你赶出人世，使你的生命化为乌有，自由化为奴役，我会把你毒死，打死，死得粉身碎骨。我要用手段来压你，用一百五十个法子来干掉你，所以，你发抖吧，滚开吧！

奥德蕾　走吧，好威廉。

威　廉　老天保佑你快活，先生。(下。)

(柯林上。)

柯　林　我们的牧场主人正在找你呢，快走吧。

试金石　走吧，奥德蕾，走吧，奥德蕾。——我等着呢，我等着呢。

(同下。)

第 五 幕

第二场

亚登森林牧场附近

（奥朗多同奥利维上。）

奥朗多　这可能吗？你们刚认识，就喜欢？才见面，就钟情？一钟情，就求婚？一求婚，她就答应了？你这样喜欢她，能维持长久吗？

奥利维　不要怀疑这叫人头昏眼花的事，不要怀疑她的家境不好，我们认识不久，我突然就求婚，她突然就答应了。只要你承认我爱亚林拉，也承认她爱我，承认我们两个相亲相爱，那对你也有好处。我父亲老罗兰爵士的房产收入，我都交给你了，我要在这里生活，也要在这里死，做一辈子牧羊人了。

（罗瑟琳上。）

奥朗多　我同意了。你们明天就结婚吧，我会请老公爵和他忠心耿耿的侍臣一起来的。你就快去要亚林拉准备停当吧；瞧，那不是我的罗瑟琳来了吗？

罗瑟琳　上天保佑你，老兄。

奥利维　也保佑你，漂亮的"妹妹"。

（奥利维下。）

罗瑟琳　啊，亲爱的奥朗多，看见你的心绑在绷带里，我是多么难过呀。

奥朗多　那是我的胳膊。

罗瑟琳　我以为狮子抓伤了你的心呢。

奥朗多　我的心受了伤，但那是美人的眼神射伤的。

罗瑟琳　你的哥哥有没有告诉你，我一看到你血污的手帕就假装晕倒了。

奥朗多　啊，还有比晕倒更吓人的事情呢。

罗瑟琳　我知道你要说什么；不，这是真的。没有什么比这更突然的了。两头公羊抢母羊也罢，凯撒一过河就自夸"我来了，看到了，胜利了"也罢，都比不上你哥哥和我妹妹一见面就看中了，一看中就爱上了，一爱上就叹气，一叹气就寻根问底，一问到了底就想办法，就这样一步步建立了结婚的阶梯。他们要立刻爬上去，爬不上去也要先结合，他们爱得昏头颠脑，昏头颠脑也不等结婚就要做爱；他们两个正在疯狂的热恋中，只要在一起，发了疯也不在乎，棍棒也不能把他们两个分开。

奥朗多　他们明天就要结婚了，我回去请老公爵来参加婚礼，但从第三者的眼里看他们的幸福，自己却是多么痛苦啊！一想到我哥哥明天就要如愿以偿，我会多么心情沉重呀！

罗瑟琳　难道我明天就不能再做你的罗瑟琳了吗？

奥朗多　我不能再靠空想过日子呀。

罗瑟琳　我不会再用空话来累得你筋疲力尽了。你要知道，我现在和你说话不是无的放矢的。我知道你是一个很自负的高级人物；我这样说并不是因为我要你认为我有学问，虽然我知道你是个不同寻常的高等人才。我也不是在费心尽力要得到你的好感，只不过是希望在某种程度上得到你的信任，而这也是为了你好，不是为了我可以占什么便宜。相信我，如果你愿意的话，我会做出你意想不到的好事来的。我从三岁起就见到一位精通魔术的奇人。他的魔术只为人做好事，而不会对人不利。如果你真在内心深处像你的行动表现的那样热爱罗瑟琳，那么，当你哥哥和亚林拉结婚的时候，你也可以和罗瑟琳成亲的。我知道她现在处在多么为难的境地，但是对我来说，只要不会使你为难，那就不是不可能要她明天出现在你眼前，是一个有血有肉、对你只有好处没有危害的女人。

奥朗多　你这话可当真？

罗瑟琳　我用生命担保，说这话是当真的。虽然我说我懂得魔术，但并不把这事当作游戏。所以，你明天要穿上最好的衣服，邀请你的亲朋好友来参加你的婚礼；如果你想和罗瑟琳结婚，你就会成为她的新郎。

（西尔维同菲碧上。）

瞧，来了一个爱我的女人，还有一个爱她的

男人。

菲　碧　年轻人，你太对不起我了，怎能把我写给你的信给别人看呢？

罗瑟琳　如果我对不起你，那我也不在乎。我是存心要辜负你的好意，对你不礼貌的。跟你同来的羊倌才是不会辜负你的男人。看着他，爱他吧，他才是全心全意地爱你的人呢。

菲　碧　好羊倌，告诉这个年轻人什么才是恋爱！

西尔维　恋爱就是唉声叹气，泪流满面。我就是这样对菲碧的。

菲　碧　我也是这样对嘉利美的。

罗瑟琳　但是我却不能这样对女人呀。

西尔维　恋爱就是真心实意，无所不为。我就是这样对菲碧的。

菲　碧　我也是这样对嘉利美的。

奥朗多　我也是这样对罗瑟琳的。

罗瑟琳　但是我可不能这样对女人呀。

西尔维　恋爱就是痴心妄想，满腔热情，胡思乱想，拜倒在地，责无旁贷，察言观色，低声下气，迫不及待却又耐心忍受，心灵纯洁，接受考验，俯首听命。我就是这样对菲碧的。

菲　碧　我也是这样对嘉利美的。

奥朗多　我也是这样对罗瑟琳的。

罗瑟琳　我可不能这样对女人呀。

菲　碧　既然如此，你为什么怪我爱你呢？

西尔维　（对菲碧）既然如此，你为什么怪我爱你呢？

奥朗多　既然如此，你为什么怪我爱你呢？

罗瑟琳　你在对谁说"你为什么怪我爱你呢"？

奥朗多　我是对不在这里也听不见我的人说话。

罗瑟琳　不要再多说了。你们就像是狼狗在嗥月啊。

——（对西尔维）如果我能帮你，我不会不帮的。

——（对菲碧）假如我能爱你，我也不会不爱的。

——（对众人）我们大家明天再聚会吧。

——（对菲碧）如果我和女人结婚，明天就会娶你，而我明天要结婚了。

——（对奥朗多）只要我能满足男人，我就会满足你。

——（对西尔维）我会使你满意的，如果你

喜欢的人能使你满意,你明天也要结婚了。

——(对奥朗多)既然你爱罗瑟琳,那就明天来会面吧。

——(对西尔维)既然你爱菲碧,那就明天来聚会吧。

——(对众人)虽然我不爱女人,我明天也会来聚会的。

那就再会吧,我已经邀请你们聚会了。

西尔维　只要我还活着,我就不会不来聚会的。

菲　碧　我也不会。

奥朗多　我也不会。

（众下。）

第 五 幕

第三场

亚登森林牧场附近

（宫廷弄臣试金石同奥德蕾上。）

试金石　明天是个快活的日子，奥德蕾，明天我们要结婚了。

奥德蕾　我一心一意等着这一天呢。嫁人不是什么见不得人的事，看，老公爵的两个侍从来了。

（二侍从上。）

侍从甲　这是喜相逢了，我尊敬的老兄。

试金石　说老实话，的确是喜相逢。来，老兄，坐下来，唱支歌吧。

侍从乙　我们听你吩咐。请你坐中间吧。

（众人就座。）

侍从甲　我们就拍手唱起来好不好？用不着清嗓子、吐口水、说嗓门哑了那一套，其实那只是唱不好的借口罢了。

侍从乙　说得对，说得对，两个人唱一个调子，就像一匹马上两个吉卜赛女郎一样。

（唱）多情女和多情郎——
　　　哎呀嗬呀要成双——
　　　走过青青稻田上，
　　　春天是交换戒指的好时光。
　　　鸟儿唱呀叮叮当，
　　　情人爱惜好春光。

　　　不要错过好时光，
　　　哎呀嗬呀响叮当。
　　　男欢女爱要成双，
　　　春天是结婚的好时光。

　　　走过青青麦田间，
　　　哎呀嗬呀响一片。
　　　老乡开心要谈天，

春天结婚再见面。

他们这时唱的歌,
哎呀嗬呀不嫌多。
生命好像花一朵,
春天怎么起了火?

试金石　说实话,年轻人,歌子没有什么意思,调子也不搭配。

侍从甲　你搞错了吧,老兄?我们是打着拍子唱的,一拍也没漏掉,我们不能浪费时间呀。

试金石　说老实话,你们是浪费时间了。我听你们这些胡言乱语,不是糟蹋时间吗?但愿老天保佑你们,给你们润润嗓子吧!来,奥德蕾,我们走了。

（众下。）

第五幕

第四场

亚登森林老公爵住所外

（老公爵、亚美恩、雅克斯、奥朗多、奥利维、西莉娅上。）

老公爵　奥朗多,你相信这个年轻人能说到做到吗?

奥朗多　我有时相信,有时不信,就像那些既担心好事不能成真,又知道不必担心的人一样。

（罗瑟琳、西尔维同菲碧上。）

罗瑟琳　不要着急,请听我再说一遍我们约好了要做的事。

　　　　（对老公爵）你不是说,只要我把你的爱女罗瑟琳带来,你就把她嫁给这个奥朗多吗?

老公爵　我说过,即使要用王国做陪嫁也不在乎。

罗瑟琳 （对奥朗多）你也说过，只要我把她带来，你就要和她共度一生？

奥朗多 即使我成了万国之王，我也不会后悔。

罗瑟琳 （对菲碧）你却说过，假如我愿意，你就嫁给我？

菲 碧 我当然愿意，即使死也不会后悔。

罗瑟琳 如果不能嫁我，你就嫁这个忠心耿耿的羊倌，是吗？

菲 碧 我说了就不反悔。

罗瑟琳 （对西尔维）你也说过，只要菲碧情愿，你就和她结婚？

西尔维 即使结婚之后就死，我也无所谓了。

罗瑟琳 我答应了要把这些事都办好。公爵，你说了要嫁女，那就要嫁女。奥朗多，你要接受他的女儿。菲碧，你说话要算数，你要嫁给我，如果不嫁我，就嫁这个忠心耿耿的羊倌，是吗？西尔维，你也要说到做到，她不嫁我，你就和她结婚。现在我走了，要把事情办得大家都称心如意。

（罗瑟琳同西莉娅下。）

老公爵　这个年轻的牧羊人使我想起了我女儿生动活泼的容貌。

奥朗多　主公，我第一次看到他还以为他是您千金的兄弟呢。但是我的好主公，这个年轻人是在林子里长大的，他还有个精通魔术的长辈教他一些魔法呢。

（宫廷弄臣试金石同奥德蕾上。）

但是这个长辈却在这荒野的森林中埋没了。

雅克斯　恐怕洪水又要从天而降了。这些成对成双的人不是要逃到方舟中去避难吗？这里又来了一对活宝。无论谁的舌头都不得不叫他们作傻瓜的。

试金石　你们大家好呀！

雅克斯　我的好主公，赏他一个欢迎吧。这就是我在林子里老碰到的那个傻头傻脑、自命不凡的家伙，他还赌咒发誓说他曾经出入宫廷呢。

试金石　如果有人怀疑，那就让他带我去地狱里受考验吧。我跳过宫廷舞，向贵妇献过媚，对朋友弄过权，和对头拉过关系，撕破过三个裁缝做的衣裳，吵过四次架，还很可能再打一场。

雅克斯　怎么又不打呢？

试金石　说实话，我们碰头了，争吵的就是第七个问题。

雅克斯　怎么是第七个？好主公，喜欢这家伙吗？

老公爵　他很讨人喜欢。

试金石　老天保佑你，老兄，也保佑大家。我赶来凑热闹，到乡下来配对成双，发了誓又违誓，结了婚又泄气。一个可怜的老处女，没人要的货色，但是我的怪脾气偏要挑别人看不上眼的。忠诚老实是穷人的家当，老兄，他们住的是贫民窟，就像咬紧珍珠的蚌壳一样。

老公爵　说老实话，他倒真是快嘴快舌的。

试金石　傻瓜的子弹射出了甜蜜的痛苦。

雅克斯　不过你说的第七个理由呢？你怎么知道争吵的是第七个问题？

试金石　根据一个拆穿了七次的谎言——奥德蕾，坐要有坐的样子！——就是这样，老兄，我不喜欢一个朝臣的胡子，他回话说，如果我说他胡子剪得不好，他却觉得很好，这叫作礼貌的回答。如果我再说不好，他就说他喜欢这样，这是客气的答复。如果我还不改口，他会说我判断有误，这是不客气的答话。如果我再三说，他就会直说我不对了，这是生硬的说法。如果我还我行我素，他会怪我说谎，这是反攻倒算。如果我还纠缠不休，他就会由婉转而赤裸裸地说我撒谎不脸红了。

雅克斯　你说过多少次他的胡子剪得不好呢？

试金石　我不敢超过婉转的谎言，他也不说我是赤裸裸的谎话，于是我们就动了刀才分手。

雅克斯　你能按顺序说出谎话的程度吗？

试金石　啊，老兄，我们都是根据书本来谈的，你们不也有讲礼节的书吗？我来给你讲顺序吧。第一，有礼貌的回答；第二，客气的答复；第三是粗鲁的回答；第四是不顾面子说实话；第五是反攻倒算；第六是婉转的撒谎；第七就是赤裸裸的说谎不脸红了。其实，这些你都可以避免，只要你在说谎前面加上"假如"两个字就行了。我知道在这七条都不能解决问题的时候，只要有人想到

　　　　　"假如"这两个字,说"假如你怎样说,我也就怎样说",于是大家就握手言欢,称兄道弟了。你看"假如"真是和事佬,大有道理啊。

雅克斯　这不是个难得的人才么,主公?不过,人才虽然难得,到底还只是个傻瓜。

老公爵　他假装糊涂打掩护,在掩护下却能一箭中的。

　　　（婚姻之神、罗瑟琳同西莉娅在乐声中上。）

婚姻之神　天上喜洋洋,

　　　　　人间乐四方。

　　　　　公爵送新娘,

　　　　　嫁个好新郎。

　　　　　神灵从天降,

　　　　　送女到现场。

　　　　　新人亮堂堂,

　　　　　携手进新房。

罗瑟琳　（对老公爵）我来认父亲了,我是你的女儿。

　　　　（对奥朗多）我来认丈夫了,我是你的妻子。

老公爵　只要我眼睛没看错,你就是我的女儿。

奥朗多　只要我眼睛没看错,你就是我的罗瑟琳。

菲　碧　如果我的眼睛分得清男女,那我和情人就永别了。

罗瑟琳　(对老公爵)如果你不是我父亲,我就没有父亲了。

(对奥朗多)如果你不是我丈夫,我就没有丈夫了。

(对菲碧)如果我不和你结婚,我决不娶别的女人。

婚姻之神　静听不要乱,

听我作决断。

有四对夫妇

来参加队伍。

你说怪不怪,

事情真不坏。

(对奥朗多、罗瑟琳)你们不分离,

(对奥利维、西莉娅)两心在一起。

(对菲碧)　　　你要爱丈夫,

莫作同性妇。

(对试金石)　　你们在一起

不怕坏天气。

     我们唱婚歌，

     寻根莫啰唆。

     合理不奇怪，

     一见定成败。

  （合唱）婚姻是天后王冠，

     祝福你们合家欢。

     天上来了婚姻神，

     带来幸福遍全城。

     全城兴高又彩烈，

     感谢天神大恩泽。

老公爵　（对西莉娅）好个侄女我欢迎，

     你和女儿一样亲。

菲　碧　（对西尔维）我说了话就算数，

     真心幻想同甘苦。

（雅克斯·德·布瓦上。）

雅克斯·德·布瓦　听我说句话。我是罗兰爵士的二儿子。我给你们婚姻聚会带来了好消息，锦上添花。费德烈公爵听到每天都有德高望重的人士投奔到森林里来，他就兴师动众，亲自率领大军，前来问罪。但在进入森林之前，他遇到一位道德高尚的宗教人士，交谈之下，不但改变了他要进攻森林的念头，并且彻底更新了他对人世的看法。他要把公爵的冠冕归还他的兄长，把他没收的房屋财产也发还给随他兄长一同流放的侍臣。现在，我用生命担保，我说的话句句是实，如有虚言妄语，任凭发落。

老公爵　欢迎，年轻人，你给你哥哥和弟弟的婚礼带来了无上的礼物：一个归还了他的土地房产，一个得到了众望所归的公国。首先，让我们在森林中结束开始了的事件，然后，每个同我一起经历过辛苦的日日夜夜的好人，都该得到归还给他们的土地和财产。

　　让我们忘记从天而降的喜事重重，

　　让我们沉醉在森林里的欢乐之中！

　　奏乐吧，让新郎和新娘跳舞的节奏

　　融入欢乐，让欢乐融入新人的心头！

雅克斯　（对雅克斯·德·布瓦）先生，请听我说，如果我没听错的话，费德烈公爵要过神圣的宗教生活，已经放弃了宫廷的浮华虚荣了。

雅克斯·德·布瓦 的确是这样。

雅克斯 那我要去看他。问他如何看破红尘，皈依宗教的。

——（对老公爵）您又要恢复当年的荣华富贵了，您的耐心和德行是当之无愧的。——（对奥朗多）你的真心实意应该得到爱情的回报。——（对奥利维）你又得到了土地、家庭和亲友。——（对西尔维）你要得到盼望已久、名副其实的床笫之欢了。——（对试金石）充分利用你两个月的粮食去周游世界，辩论是非吧。你们都各得其所，我也要离开这载歌载舞的世界了。

老公爵 不要走，雅克斯，留下来！

雅克斯 看你们寻欢作乐吗？我会与世无争，待在你们留下的山洞里品味人生的。（下。）

老公爵 奏乐吧，跳舞吧，让我们来寻欢作乐。
我们以欢乐开始，也要以欢乐结束。
（众下，罗瑟琳一人留台上。）

罗瑟琳 要美人来谢幕，像要王公来开场一样太俗。好酒不在招牌，好戏不在怎样结束。但是好酒若有好招牌，好戏若有好的谢幕词，岂不是锦上添花？但是我现在既不会谢幕，又演不出好戏，更没有乞丐的本领，乞讨你们的欢喜，那我只好施展魔法，先拿女人开刀了。女人啊，如果你爱男人，就该像男人一样喜欢这出戏。我也要对男人施展魔法：男人啊，从你们的傻笑中，我可以看出你们不恨女人，那就请你们像女人一样喜欢这出戏吧！男人啊，如果我是女人，只要你们的胡子讨我喜欢。你们的脸孔不讨人厌，你们嘴里的气味不难闻，我就愿意吻你们的脸。我敢肯定，你们都有讨人喜欢的胡子，不讨人厌的脸孔，不难闻的鼻息口气。那好，求你们：在我谢幕行屈膝礼时，请你们对我说再见吧！（下。）

2016年7月7日译完

译 后 记

20世纪40年代的大学外文系读莎士比亚时，悲剧的代表作是《哈梦莱》，喜剧的代表作是《如愿》。《哈梦莱》中最著名的独白是（卞之琳的译文）：

活下去还是不活，这是问题。

《如愿》中著名的独白有雅克斯的人生七幕：

……第三幕是情人，唉声叹气像火炉上的开水壶，写一首自作多情的恋歌，赞美恋人的眉毛有如一弯新月。第四幕是当兵……争功夺赏，吵嘴打架，在炮火中寻找水上的浮名。第五幕是做官……说起话来引经据典，举起例来博古通今……

《如愿》中写了四对情人：第一对是奥朗多和罗瑟琳，奥朗多初出茅庐，居然一拳打败了力大无穷的拳师，赢得了罗瑟琳的芳心。剧情做出了和性格相反的结论，由此可见莎氏喜剧把剧情看得重于性格描写。第二对情人是奥利维和西莉娅，奥利维本来要置弟弟于死地，结果却是弟弟救他死里逃生。剧情的需要居然改变了兄弟的性格，这再一次证明了性格描写不如剧情重要。第三对情人是西尔维和菲碧。西尔维跟着菲碧像南风吹雾下雨一样唉声叹气，流泪求爱，不知道菲碧在镜子里并没有在他眼中好看，他爱上了一个丑八怪，而她却爱上了罗瑟琳的坏脾气。但罗瑟琳不等菲碧用愁眉苦脸来对付西尔维，却先用尖酸刻薄的话来喂菲碧一个饱。这又证明了人物性格是随剧情需要而改变的。第四对情人是试金石和奥德蕾，试金石跳过宫廷舞，向贵妇献过媚，对朋友弄过权，和对头拉过关系，但他却要选一个别人看不上眼的女人。罗瑟琳和西莉娅是一见钟情的情人，奥朗多像个当兵的英雄，试金石却像个官场中人，但他却偏偏要反其道而行之，这又是人物性格向剧情让步了。最后，官场中最重要的费德烈公爵居然会听了宗教人士一席话之后，彻底改变了对人世的看法，把公国归还了兄长。这和官场人物的性格完全相反，但是没有这个转变，喜剧的收场就不大可能皆大欢喜了。对比一下《哈梦莱》中人物性格的刻画，就可以看出莎士比亚是如何从喜剧发展到悲剧的了。

              2016年7月8日